Goosebumps®

Goosebumps®

Goosebumps®

雞皮疙瘩 28

魔鬼夏令營

Ghost Camp

R.L. 史坦恩（R.L.STINE）◎著

柯清心◎譯

致台灣讀者

讀者們，請小心……

我是R‧L‧史坦恩，歡迎到「雞皮疙瘩」的可怕世界裡來。

你是否曾在深夜裡聽到過奇怪的嚎叫？你是否曾在黑暗中聽到腳步聲——卻根本看不到人？你是否見過神祕可怖的陰影，幽幽暗處有眼睛在窺視著你，或者身後有聲音叫你的名字？

如果是這樣，你應該了解那種奇特的發麻的感覺——那種給你一身雞皮疙瘩、被嚇呆的感覺。

在這些書裡，幽靈在閣樓上竊竊低語；膽顫心驚的孩子忽而隱形；稻草人活了，在田野裡走來走去；木偶和布娃娃也有生命，到處嚇人。

當然，這些都是磨礪心志的好玩的嚇人事。我希望你們感到害怕，同時也希望你們大笑。這都是想像出來的故事。當然，最可怕的地方在你們自己心裡。

過個害怕的一天吧！

R.L. Stine

出版緣起

人生從奇幻冒險開始

何飛鵬
城邦媒體集團首席執行長

我的八到十二歲是在《三劍客》、《基度山恩仇記》、《乞丐王子》中度過的。可是現在的小孩有更新奇的玩具、電玩、漫畫，以及迪士尼樂園等。

八到十二歲，正是孩子從字數極少、以圖畫爲主的繪本閱讀，跨越到漸漸以文字閱讀爲主的時期。也正是訓練孩子從圖像式思考，轉變成文字思考的重要階段。在這個階段，養成長期的文字閱讀習慣，能培養孩子敘事、分析、推理的邏輯思辨能力，奠定良好的寫作實力與數理學力基礎。

然而，現在的父母擔心，大環境造成了習於圖像、不擅思考、討厭文字的一代。什麼力量能讓孩子重回閱讀的懷抱呢？

全球銷售三億五千萬冊的「雞皮疙瘩」，正是爲了滿足此一年齡層的孩子的需求而誕生的！

無論是校園怪奇傳說、墓地探險、鬼屋驚魂，或是與木乃伊、外星人、幽靈、吸血鬼、殭屍、怪物、精靈、傀儡相遇過招，這些孩子們的腦袋裡經常出現的角色或想像，經由作者的生花妙筆，營造出一個個讓孩子們縱橫馳騁的魔幻時空、光怪陸離的神奇異界，經歷各種危急險難，最終卻又能安全地化險為夷。這樣的冒險犯難，無論男孩女孩，無不拍案稱奇、心怡神醉！

本系列作品被譯為三十二種語言版本，並在全球數十個國家出版，創下了出版史上多項的輝煌紀錄，廣受世界各地孩子的喜愛。作者史坦恩表示，這套作品之所以成功，是因為多年的兒童雜誌編輯工作，讓他對兒童心理和兒童閱讀需求有了深刻理解——他知道什麼能逗兒童發笑，什麼能使他們戰慄。

我們誠摯地希望臺灣的孩子也能和世界上其他的孩子一樣，有更豐富多元的閱讀選擇。更希望藉由這套融合驚險恐怖與滑稽幽默於一爐，情節緊湊又緊張的「雞皮疙瘩系列叢書」，重拾八到十二歲孩子的閱讀興趣，從而建立他們的閱讀習慣，擁有一個快樂學習的童年。

現在，我們一起繫好安全帶，放膽體驗前所未有的驚異奇航吧！

專文推薦

戰慄娛人的鬼故事

廖卓成
國立臺北教育大學語文與創作系兒童文學教授

這套書很適合愛看鬼故事的讀者。

文學的趣味不止一端，莞爾會心是趣味，熱鬧誇張是趣味，刺激驚悚也是趣味。有人擔心鬼故事助長迷信，其實古典小說中，也有志怪小說一類，《聊齋誌異》就有不少鬼故事。何況，這套書的作者開宗明義的說：「這都是想像出來的故事」，不必當眞。

既然恐怖電影可以看，看鬼故事似乎也無妨；考試的書讀久了，偶爾調劑一下，對頭腦卻是有益。當然，如果看鬼片會連續失眠，妨害日常生活，那就不宜勉強了。

雋永的文學作品，應該有深刻的內涵；但不少兒童文學作品說教有餘，趣味不足。只要有趣味，而且不是害人爲樂的惡趣，就是好的作品。鮑姆（Baum）在《綠野仙蹤》的序言裡，挑明了他寫書就是爲了娛樂讀者。

倒是內行的讀者，不妨考校一下自己的功力，留意這套書的敘事技巧，由主角「我」來講故事，有甚麼效果？書中衝突的設計與化解，是否意想不到又合情合理？能不能有不同的設計？會不會更好？這是另一種引人入勝之處。

導讀

結局只是另一場驚嚇的開始

耿一偉
臺北藝術節藝術總監
臺北藝術大學戲劇系兼任助理教授

不知道大家還記不記得，小時候玩遊戲，比如捉迷藏等，都會有一個人要當鬼。鬼在這個遊戲中很重要，沒有鬼來捉人，遊戲就不好玩。這些遊戲的關鍵特色，不是人要去消滅鬼，而是要去享受人被鬼追的刺激樂趣。所以當鬼捉到人後，不是遊戲就結束，而是下一個人要去當鬼。於是，當鬼反而是件苦差事，因爲捉人沒有樂趣，恨不得趕快找人來替代。所以遊戲不能沒有鬼，不然這個遊戲就不好玩了。

在史坦恩的「雞皮疙瘩系列」中，這些鬼所扮演的角色也是類似遊戲中的鬼，給我帶來閱讀與想像的刺激。各位讀者如果留意一下，會發現在他的小說中，都有一個類似的現象，就是結局往往不是一個對抗式的終局，一種善惡誓不兩立，以消滅魔鬼爲最終目標的故事——這比較是屬於成人恐怖片的模式，不是你死，就是人類全部變殭屍。但「雞皮疙瘩系列」中，你的雞皮疙瘩起來了，可是結尾的時候，鬼並不是死了，而是類似遊戲一樣，這些鬼換了另一種角色，而且有下一場遊戲又要繼續開始的感覺。

礙於閱讀的樂趣，我無法在此對故事結局說太多，但各位看完小說時，可以再回想我在這裡說的，就知道，「雞皮疙瘩系列」跟遊戲之間，的確有類似性。換另一個角度來看，這些主角大多為青少年，他們在生活中碰到的問題，如搬家面對新環境、男生女生的尷尬期、霸凌、友誼等，都在故事過程一一碰觸。

「雞皮疙瘩系列」令人愛不釋手的原因，也在於表面上好像主角是鬼，但讀到一半，你會感覺到，故事的重點不知不覺地從這些鬼怪轉移到那些被追的青少年身上，鬼可不可怕不是重點，重點是被追的過程中，一些青少年生活中的苦悶，也被突顯放大，甚至在故事中被解決了。所以你會在某種程度感受到，這本書的內容是在講你，在講你的生活，在講你的世界，鬼的出現，只是把這些青春期的事件給激化了。

另一個有趣的現象，是從日常生活轉入魔幻世界的關鍵點，往往發生在父母不在身邊，然後主角闖入不熟識空間的時候——比如《魔血》是主角暫住到姑婆家、《吸血鬼的鬼氣》是闖入地下室的祕道、《我的新家是鬼屋》是新家的詭異房間……等等。

因為誤闖這些空間，奇怪的靈異事件開始打斷平凡無趣的日常軌道，一段冒險展開了，一場你追我跑的遊戲開始進行，而父母們往往對此毫無所悉，不知道自己的兒女在故事結束時，已經有所變化，變得更負責任，更勇敢。

「雞皮疙瘩系列」的意義，也在這個地方。在平凡無奇充滿壓力的青春期校園生活中，有那麼多不快樂、有那麼多鬼怪現象在生活中困擾著我們，但這無法跟家長說，因為他們不能理解，他們看不到我們看到的。但透過閱讀，透過想像力所引發的鬼捉人遊戲，這些不滿被發洩，這些被學校所壓抑的精力被釋放了。

幸好有這些鬼怪的陪伴，日子不再那麼無聊，世界可以靠自己的力量改變。

終究，在青少年的世界裡，鬼怪並不是那麼可怕，在史坦恩的小說中，也往往會有主角最後拯救了這些鬼怪的情形，彷彿他們不是惡鬼，而比較像誤闖人類世界的外星人……這也是青少年的焦慮，他們正準備降臨成人世界，這件事讓他們起了雞皮疙瘩！！

這句英文怎麼說

我簡直等不及要跳下巴士了。
I couldn't wait to get off the bus.

1.

「你知道我坐巴士會暈車嘛，哈利。」亞力克咕噥著。

「亞力克，你饒了我吧。」我把老弟推到車窗邊，「我們都快到了，現在千萬別想暈車的事！」

巴士在窄小的路上顛簸而行，我抓緊前頭的座位，向窗外望去。除了松樹林之外，什麼都看不見。樹林宛若綠色的光影般飛掠而過，陽光在蒙著厚厚灰塵的車窗玻璃上跳動。

我們已經快抵達月魂夏令營了，我興奮的想著。

我簡直等不及要跳下巴士了。因爲老弟亞力克和我是車上唯一的兩名乘客，感覺好毛哦！

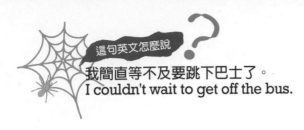

司機隱身在綠色的簾子後，我和亞力克上車時瞄過他一眼。他的笑容很親切，皮膚曬得很黑，有一頭金色卷髮，一隻耳朵上還戴著銀耳環。

「歡迎，朋友們！」他招呼我們。

但漫長的車程一展開，我們就沒再看到或聽見他的聽音了，眞詭異。

幸好亞力克和我感情不錯；他比我小一歲，今年十一歲，不過個子跟我一樣高。有些人以「艾特曼家的雙胞胎」稱呼我們，不過我們並不是雙生子。

我們兩個都有黑直的頭髮、深棕色的眼睛，而且都一臉的老成持重。爸媽老叫我們活潑一點——連我們心情很high的時候也一樣！

「我覺得有點暈車耶，哈利。」亞力克再度抱怨道。

我從窗邊轉過身，只見亞力克一臉蠟黃，下巴微微發抖，看起來非常的不妙。

「亞力克，假裝你不在巴士上。」我告訴他，「想像你坐的是轎車。」

「可是我坐小車子也會暈車啊……」他哀吟道。

「算我沒提過。」眞是哪壺不開提哪壺。亞力克連媽媽從車道上倒車都會頭暈！他這個毛病實在很要不得，不僅臉色變得蠟黃，整個人跟著發起抖來，接下

這句英文怎麼說

我覺得有點暈車。
I feel a little bus sick.

來就是一團亂了。

「你要撐住啊！」我告訴他，「我們很快就到營區了，到了就沒事了。」

他用力嚥著口水。

巴士壓過路面上的一個深坑，亞力克和我跟著彈了起來。

「我眞的很不舒服。』亞力克呻吟道。

「我知道！」我大聲說，「唱歌好了，唱歌一向對你有用。唱首歌呀！亞力克，大聲叫，不會有人聽見的，巴士上只有我們兩人而已。」

亞力克非常喜歡唱歌，他的歌喉很棒。學校音樂老師說亞力克的音高奇準，我不太確定那是什麼意思，不過我知道反正是好事就對了。

亞力克對唱歌的事很認真，他是學校的合唱團員。爸說今年秋天要幫亞力克找位歌唱老師。

巴士又彈了一下，我望著我家老弟，他的臉已經蠟黃得跟香蕉皮有得拚了——非常不妙。

「快呀——唱啊！」我催促他。

亞力克抖著下巴，清清喉嚨，唱了一首我們兩個都很喜歡的「披頭四」曲子。每次巴士一彈跳，他的聲音就跟著顫抖。不過他一唱歌之後，臉色就變得比較有點人樣了。

這點子眞讚，哈利。我不禁誇讚自己。

我一邊看著陽光下的松林倏然劃過，一邊聽亞力克唱歌，他的嗓音眞的非常優美。

我會嫉妒嗎？

也許有一點吧。

不過他的網球可沒我高竿，而且每次游泳都游不過我，所以我們兩個算是打平了。

亞力克停止歌唱，鬱卒的搖頭嘆氣說：「眞希望爸媽是送我去音樂夏令營。」

「亞力克，暑假已經過一半了，」我提醒他，「這件事我們要講幾次，爸媽拖得太久，已經來不及了。」

這句英文怎麼說

說不定月魂夏令營是全世界最酷的夏令營。

Camp Spirit Moon may be the coolest camp on earth.

「我知道啦，」亞力克皺眉道，「可是我希望……」

「拖到那麼晚，月魂是唯一還有空缺的夏令營。」我說，「嘿，你看——」

我看到窗外有兩隻鹿——一隻大鹿和一隻幼鹿，牠們就站在那兒望著呼嘯而過的巴士。

「嗯，好酷哦，有鹿耶……」亞力克沒精打彩的翻著白眼說。

「喂——打起精神啦！」我告訴他。

亞力克實在很情緒化，有時候我眞想把他給掐了。「說不定月魂夏令營是全世界最酷的夏令營。」

「也說不定超級無聊的。」亞力克答道，並一邊從巴士座位的破洞中抽出一些塡塞物。

「音樂夏令營眞是沒話講。」他嘆道，「他們每年夏天都會演兩齣音樂劇，眞是酷斃了！」

「亞力克，你就別再想啦。」我告訴他，「咱們就好好享受月魂夏令營吧，我們只有幾個星期而已。」

巴士突然緊急煞車。

我嚇了一大跳，身體往前一震，又彈了回來。我轉身看著窗口，以爲可以看到夏令營，卻只見到一堆松樹，以及更多的松林。

「月魂夏令營到了！所有人下車！」司機喊道。

所有人？車上只有我和亞力克呀！

一頭金髮的司機從簾子後探出頭對我們咧嘴笑。

「夥伴，一路上還好吧？」

「好得很。」我邊回答邊走到走道上，亞力克則什麼都沒說。

司機爬出座位，我們跟著他繞到巴士旁，明亮的日光照得高長的雜草在我們周邊閃躍。

司機探身到車廂裡，拉出我們的行李和睡袋，統統放到草地上。

「呃……夏令營在哪裡啊？」亞力克問。

我用手擋住陽光，並四處搜尋，舉目所及，只見窄小的路徑從松樹林間曲折而過。

這句英文怎麼說

又不是夏令營的開幕日。
It's not the first day of camp.

「就在那邊，夥伴。」司機指著穿過林子的一條泥土路說，「走幾步就到了，你們不會錯過的。」

司機將行李廂關起來，回到巴士上。

「祝你們愉快！」他喊道。

接著車門闔上，巴士開走了。

亞力克和我斜眼看著陽光照耀下的泥土路，我把袋子甩到肩上，將睡袋夾到腋下。

「夏令營不是該派人到這裡來接我們嗎？」亞力克問。

我聳聳肩，「你聽見司機說了，沒幾步路就到了。」

「可是，」亞力克反駁道，「他們還是該派個人到路上接我們吧？」

「又不是夏令營的開幕日，」我提醒老弟，「現在都暑假中旬了。別再抱怨啦，亞力克，行李拿好，咱們走，外頭熱死了！」

有時我非得端出老大的姿態命令他不可，否則我們什麼事也辦不成！

亞力克拿起行囊，由我帶頭走在小路上。穿越林子時，我們的布鞋在乾燥的紅泥地上踩得嘎嘎響。

司機說的沒錯，我們只走了兩、三分鐘，就來到一小片綠草如茵的空地上了。有個漆著紅字的木牌子上寫著「月魂夏令營」，還有根箭頭指向右邊。

「看到沒？到了！」我開心的喊道。

我們循著一條短徑來到一處低矮的陡坡上。兩隻棕色兔子從我們近處奔過，紅紅黃黃的野花在山丘上搖擺。

當我們來到山丘頂端時，便看到夏令營了。

「看起來真的跟夏令營一樣耶！」我大叫道。

我看到一排排的白木屋矗立在一片圓形的藍湖前方，突出於湖面的木甲板旁栓著幾艘獨木舟。

一棟大型的石造建築立在旁邊，大概是食堂或集會處之類的。林子附近一片圓型的泥土地旁，圍擺著長條木椅，我想是營火晚會要用的吧。

「嘿，哈利——他們有棒球場跟足球場耶。」亞力克指著說。

「太棒啦！」我喊道。

這句英文怎麼說

他們還有射箭場。
They have archery, too.

接著，我看到林子邊緣有一排紅白相間的圓形靶子。

「哇！他們還有射箭場。」我跟亞力克說。我超愛射箭的，而且還射得不錯。

調整一下肩上沉重的背袋後，我走下山丘，往營地前進。

我們兩個走到一半，都停下了腳步，彼此相視著。

「你有沒有覺得怪怪的？」亞力克問。

我點點頭，「有啊，我注意到了。」

我發現一件非常怪異的事，一件令我喉頭發緊、胃部突然害怕得緊揪起來的事——

營地裡空蕩蕩的，裡頭一個人都沒有……

2.

「大家都跑哪裡去了？」我望著一間間的小木屋問，連半個人影都看不到。

我斜眼看向木屋後邊的湖，兩隻小小的黑鳥從波光粼粼的水面低飛而去，湖裡沒有人在游泳。

我轉頭看看營地周圍的林子，午後的太陽已緩緩自松樹梢沉落了，林子裡也見不著任何人員的蹤影。

「也許我們跑錯地方了。」亞力克輕聲說。

「啊？跑錯地方？」我指著牌子說，「我們怎麼可能跑錯，牌子上明明寫著『月魂』的，不是嗎？」

「也許他們全跑去郊遊或什麼的。」亞力克又說。

這句英文怎麼說

我看不出那邊有任何人跡。
I didn't see any signs of life there.

我翻翻白眼，打斷他：「你懂不懂什麼叫夏令營啊？參加夏令營不去郊遊，那根本沒地方去了嘛！」

「你幹嘛那麼大聲啊！」亞力克咕噥道。

「誰叫你老說蠢話！」我生氣的回答，「我們兩個孤伶伶的在空無一人的林間營地裡，腦子不清楚一點不行。」

「也許他們全在那座大石屋裡。」亞力克揣測道，「我們過去看看。」

我看不出那邊有任何人跡或活動，整座營地靜止有如照片一般。

「好，走吧。」我告訴亞力克，「咱們最好過去看看。」

我們仍在山丘半腰上，循著小路穿越糾結的松林時，忽然聽到一聲大吼。

我們兩個停下腳步，嚇得倒抽一口冷氣。

「喂！嘿……等一等！」一個紅頭髮、穿著白色短褲和白T恤的男孩出現在我們身邊，我猜他大概有十六、七歲。

「嘿——你是從哪兒來的？」我大聲說。我真的差點被他嚇死，一秒鐘前，還只有亞力克和我兩人，緊接著這個紅頭髮的傢伙就站在那裡衝著我們笑了。

他指著林子解釋：「我在那邊撿柴，撿到忘記時間了。」

「你是輔導員嗎？」我問。

他抓起T恤，擦掉額頭上的汗水。

「是啊，我叫克里斯，你是哈利，而你是亞力克——對不對？」

亞力克和我點點頭。

「對不起，我遲到了。」克里斯道歉，「你們沒嚇到吧？」

「當然沒有。」我很快的回答。

「哈利有點害怕，不過我沒有。」亞力克表示。有時候我這個老弟還眞是討人厭。

「大家都去哪裡了？」我問克里斯，「我們連半個團員或輔導員，甚至任何人都沒看見。」

「他們全都離開了。」克里斯悲傷的搖著頭回答。當他回頭看著我和老弟時，臉上浮現恐懼的表情。

「我們三個——這荒山野地裡，只剩我們三個人了。」他顫抖著聲音說。

這句英文怎麼說

我們對新團員都會開這個玩笑。
We play it on all the new campers.

3.

「啊？他們離開了？」亞力克尖聲叫道，「可是……可是他們去哪裡了？」

「不可能只剩我們吧！」我不禁大喊，「這片林子……」

克里斯長著雀斑的臉上冒出一朵笑容，接著放聲大笑。

「對不起啦，夥伴，我實在裝不下去了。」他用手攬著我們的肩膀，帶我們朝營地走過去。「我是在開玩笑的。」

「什麼？你剛才是在開玩笑的？」我問，心裡還是一團混亂。

「這是月魂夏令營的玩笑。」克里斯解釋，臉上依然一片笑意。「我們對新團員都會開這個玩笑，新團員到達營地時，所有人都躲到樹林裡，再由一名輔導員告訴他們說所有人都逃走了，只剩他們幾個。」

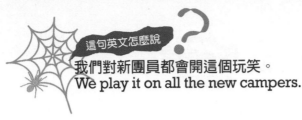

「哈、哈……真好笑。」我口氣酸酸的說。

「你們一向都這樣嚇新團員嗎？」亞力克問。

克里斯點點頭，「是啊，這是月魂夏令營的傳統。我們這裡有很多很酷的傳統，你們以後就會知道啦。今晚在營火……」

他忽然停住不說，只見一個高大的黑髮男子——身上也穿著白衣服——從草地上朝我們走過來。

「喂！」男人用低沉宏亮的聲音喊道。

「這位是馬文叔叔。」克里斯低聲說，「營地就是他管的。」

「喂！」馬文叔叔又喊著向我們走來。「哈利，你在做什麼？」

他重重的跟我擊了一下掌，害我差點沒跌到林子裡。

馬文叔叔咧嘴衝著我和亞力克一笑，他的個頭好大哦——讓我想到我們家那邊動物園裡的大棕熊。

他又黑又油的長髮亂七八糟的散落在臉上，兩道黑色的濃眉下，有對小小圓圓的藍眼睛——看起來挺像彈珠的。

這句英文怎麼說

他們兩個面對面站著。
They stood facing each other.

他們兩個面對面站著。

馬文叔叔的T恤下鼓著一雙結實的手臂，看起來粗勇如摔角選手，而且他的脖子粗得跟樹幹有得拚。

馬文叔叔低頭握著亞力克的手，我聽見喀啦一聲，亞力克痛得抽了口氣。

「你的手勁很夠力啊，孩子。」馬文叔叔告訴亞力克，接著轉向我說：「克里斯有沒有跟你們開『森林裡只剩我們』的玩笑？」

他的聲音好大，我眞想摀住耳朵。這個馬文叔叔到底有沒有小聲說過話呀？

「有啦，他把我們騙倒了。」我承認道，「我眞的以爲這裡半個人都沒有。」

馬文叔叔藍色的小眼睛閃閃發光。

「這是我們最老的一個傳統。」他咧嘴笑道。那笑容有夠誇張，感覺上他至少有六排牙齒。

「在帶你們去小屋之前，我想先教你們月魂夏令營的招呼方式。」馬文叔叔說，「克里斯和我會示範給你們看。」

於是他們兩個面對面站著。

「喲喝，月魂！」馬文叔叔大聲喊道。

「喲喝，月魂！」克里斯也大聲回應。

他們用左手彼此行禮，還把手放在鼻子上，再將手晃到前面去。

「月魂夏令營的團員就是這樣打招呼的。」馬文叔叔跟我們說，並將亞力克和我趕到一起，「你們兩個試試看。」

我不知道各位怎麼想，不過這種事讓我覺得很尷尬。我不喜歡滑稽的招呼跟敬禮方式，那樣會覺得自己很豬頭。

不過我才剛到營地，不想讓馬文叔叔覺得我太倨傲，只得乖乖的站在弟弟面前。

「喲喝，月魂！」我大聲喊著，用力向亞力克行鼻子禮。

「喲喝，月魂！」亞力克喊得比我帶勁多了。他喜歡這種花招，並用力向我行了個禮。

馬文叔叔頭一仰，笑得極爲開心。

「很好，兩位，我想你們兩個都會是很棒的月魂夏令營團員。」

這句英文怎麼說

今晚的營火晚會才是真正的測驗。
The campfire tonight is the real test.

他對克里斯眨眨眼說：「當然了，今晚的營火晚會才是眞正的測驗。」

克里斯點點頭，咧嘴笑著。

「今晚的營火晚會？」我問，「什麼測驗？」

馬文叔叔拍拍我的肩膀，「別擔心，哈利。」

他的語氣……不知怎地，就是讓我非常的擔心。

「所有新團員都得參加迎新營火晚會，」克里斯解釋，「這是學習月魂夏令營傳統的機會。」

「別再跟他們多說了，」馬文叔叔急忙打斷克里斯，「我們要給他們驚喜的——不是嗎？」

「驚……驚喜？」我結巴說道。

爲什麼我突然有種很不祥的感覺？喉嚨爲什麼發緊？胸口也忐忑難安？

「迎新晚會上我們要唱營歌嗎？」亞力克問，「我眞的很喜歡唱歌，還去上聲樂課呢，而且……」

「別擔心，你會唱到歌的，會唱很多歌。」馬文叔叔用一種低沉得近乎威脅的聲音打斷他。

我瞥見他小小的眼睛露出一抹冷酷的神色——冷若藍色的堅冰。我覺得背脊起了一陣寒慄。

我覺得他想嚇唬我們，這全都是在開玩笑的，他在耍我們，老愛嚇唬新團員，這是月魂夏令營的傳統。

「我想你們這兩個男生會喜歡今晚的營火晚會。」馬文叔叔大聲說，「如果你們能平安無事的話！」

他和克里斯一起放聲大笑。

「待會兒見啦。」克里斯說，他給了亞力克和我一個鼻子禮，便消失在樹林裡了。

「你們就睡這兒吧。」馬文叔叔說，他拉開一間白色小木屋的紗門，「哇啊——」

門差點沒被他從鉸鍊上扯下來。

亞力克和我拖著行李和睡袋走進木屋，我看見三面牆邊各擺著上下床鋪、窄

這句英文怎麼說

那張床是空的。
That bunk is free.

小的木製抽屜，以及擺放物品的架子。

牆是白色的，垂在天花板上的吊燈散放著明亮的光芒。午後的陽光從上下床鋪上的小窗子射進橘色的光線。

還不賴嘛！

「那張床是空的。」馬文叔叔指指靠窗的床告訴我們。「你們自己決定誰睡上鋪，誰睡下鋪。」

「我得睡下鋪。」亞力克很快的表示，「我晚上睡覺翻得很厲害。」

「而且他睡覺時還唱歌咧。」我告訴馬文叔叔，「你相信嗎？亞力克愛唱歌到連睡覺都在唱！」

「你應該去參加才藝表演，」馬文叔叔對亞力克說，接著又用低沉的聲音重述一遍，「如果你能活過今晚的話。」他放聲大笑。

他爲什麼一直那樣講？

我提醒自己，他是在開玩笑的，馬文叔叔只是在開玩笑而已。

「男生的小屋子在左邊，」馬文叔叔又說，「女生的在右邊，大家共用集會廳及食堂，集會廳及食堂就在樹林邊的大石屋裡。」

「我們現在可以打開行李了嗎？」亞力克問。

馬文叔叔將油油的黑髮往後一撥，「可以，任何空的架子都可以用。你們動作最好快點，其他團員很快就會拿著木柴從林子裡回來，準備開營火晚會了。」

他給我們來了一下「喲喝，月魂！」，還行了個鼻子禮。

接著馬文叔叔轉身大步離去，碰的一聲關上後面的紗門。

「有趣的傢伙。」我嘀咕道。

「他有點恐怖耶。」亞力克承認道。

「他只是在開玩笑，」我說，「我想，所有的夏令營都會想嚇嚇新來的人吧。」

我把行李拖到床上。

「但都是爲了好玩，沒什麼好怕的，亞力克。」我安慰弟弟，「根本沒啥好怕的。」

我把睡袋扔到角落，接著往下邊抽屜走過去，看看能不能找到空的抽屜。

「媽呀——」我大叫一聲，因爲鞋子拔不起來。

這句英文怎麼說

我的帆布鞋踩在一片黏呼呼的藍糊上。
My sneaker had landed in a sticky blue puddle.

我低頭一看，只見一灘藍色的糊液。

我的帆布鞋踩在一片黏呼呼的藍糊上。

「嘿——」

我把鞋子拔出來，那藍色的液體非常黏稠，沾在我的鞋底和鞋邊。

我四下看了看房間，看到更多灘的藍水，每張床前面都有一灘黏黏的藍水。

「怎麼回事？這是什麼東西呀？」我大喊。

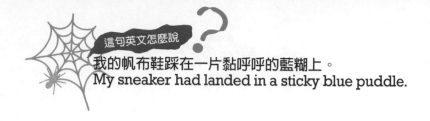

4.

亞力克已經打開袋子，把東西拿出來攤在下鋪了。

「你又怎麼啦？哈利。」他頭也不回的大聲問道。

「有種藍藍的黏液，」我回答，「你自己看，整個地板上都是。」

「有什麼大不了的。」亞力克咕噥著。他轉過身，瞄了一眼沾在我布鞋上的藍糊，開玩笑道：「搞不好又是夏令營的傳統。」

我覺得一點都不好玩。

「噁心死了！」我大叫，彎身用手指去戳那圓圓的小水灘。

好冰啊！藍色的黏液感覺好冰。

我嚇了一跳，趕緊抽回自己的手。那寒氣蔓延到我的手臂上，我用力甩了甩，

這句英文怎麼說

營火晚會時間到囉！
Campfire time!

又去揉自己的手，想讓手暖和起來。

「真怪異！」我低聲說。

當然啦，人一急，每件事都變得更奇怪了。

馬文叔叔朝紗門裡大吼一聲，吼得連小木屋都跟著震動起來。

「營火晚會時間到囉！」

亞力克和我轉身看著門，我們花了好長的時間整理行囊。我訝異的發現太陽已經沉落，門外的天空已然暗了下來。

「大夥兒都在等呢！」馬文叔叔說，臉上綻放出愉快的笑容，一對小眼睛都快看不見了。「我們大家都好愛迎新營火晚會。」

亞力克和我跟著他來到外面，我深深吸了一口氣，飄著松香的空氣聞起來非常的清新。

「哇！」亞力克大叫一聲。

營火已經熊熊的燃燒起來，橙黃的火焰竄上了天際。

我們隨著馬文叔叔來到搭營火的圓形空地上，首次見到其他團員及輔導員。

「他們全都穿一樣的衣服耶！」我高呼道。

「這是夏令營的制服。」馬文叔叔說，「今晚營火晚會結束後，我會把你和亞力克的制服拿給你們。」

亞力克和我走近圓圈圈時，團員及輔導員們紛紛站起來，巨大的「喲喝，月魂！」之聲，撼動了整座樹林。接著上百隻左手齊舉，向我們行鼻子禮。

亞力克和我也行禮回敬。

克里斯──就是那個紅頭髮的輔導員──出現在我們身邊。

「歡迎你們，」他說，「在晚會活動開始之前，我們要烤熱狗。所以請去拿根小棍子跟熱狗，一起加入我們吧。」

其他小鬼都在擺食物的長桌前排著隊，我看見桌子中央擺了一大盤生熱狗。

我趕過去排隊時，幾個小鬼還跟我說「嗨」、打招呼。

「你是住我木屋的。」一個蓄著金色卷髮的高個子男生說，「那是最棒的一間木屋！」

這句英文怎麼說

他們全都穿一樣的衣服！
They're all dressed alike!

「七號木屋！」一名女孩高聲說。

「這個夏令營很酷喲！」我前面的人轉頭說，「你會玩得很盡興的，哈利。」

他們似乎都是很好的孩子。前頭有個男生和女生在玩擠牙膏，想把對方擠出隊伍外，其他人在旁邊加油、吶喊。

火堆在我身後劈啪作響，橘紅色的火光在每個人的白色衣褲上搖曳。

我覺得自己沒穿白制服有點不搭調。我身上穿了件橄欖綠的T恤和一件褪色的粗棉褲，不知亞力克是不是也覺得怪怪的。

我轉身在隊伍裡找他。他在我後面，正興高采烈的跟一個矮矮的金髮男生說話，我很高興亞力克能這麼快就交到朋友。

兩名輔導員遞上熱狗，我突然發覺自己簡直快餓扁了。

媽媽包了三明治讓我和亞力克在車上吃，不過我們緊張興奮過了頭，根本沒胃口。

我接過熱狗，轉身走向熊熊的營火。有幾名隊員已經圍在火堆邊，用長棍子插著熱狗遞到火上烤。

棍子要去哪兒拿？我四下望著問自己。

「棍子放在那邊。」有個女孩的聲音從我後面傳來，她好像能看透我的心思似的。

我轉頭看到一名年紀跟我差不多的女生，她當然也是穿著白衣服。女孩非常漂亮，有一對黑色的眼睛，一頭烏亮的黑髮在腦勺後綁成馬尾，垂在脖子間。她的皮膚好白、好白，襯得黑眼珠異常的晶亮。

女孩衝著我笑說：「新來的老是找不到棍子。」接著帶我來到靠在大松樹下的棍子堆前，拿起兩根交給我。

「你叫哈利，對不對？」女孩問。以女生來說，她的聲音算是低沉、沙啞的，聽起來很像是在說悄悄話。

「是啊，哈利．艾特曼。」我對她說。

不知道為什麼，我突然害羞起來了。我轉過頭，把熱狗插到棍子上。

「我叫露西。」她一邊說，一邊往圍在營火邊的團員旁邊挨過去。

我跟在她後面，團員們的臉龐在營火的照耀下，全映著橘色和黃色的光影。

這句英文怎麼說

我們在草地上坐下來。
We sat down on the grass.

烤熱狗的香味讓我更加感到饑腸轆轆。

四名女生擠在一起，不知在笑些什麼。我看到一個男生直接啃著棍子上的熱狗吃。

「好噁啊！」露西一臉厭惡的說，「我們到這邊吧。」

她帶著我到營火另一頭。火堆裡有東西在爆響，聽起來像鞭炮，我們兩個都跳了起來，露西大聲笑著。

我們在草地上坐下來，舉著熱狗棍，把熱狗放到火上。火現在燒得很旺了，臉頰都能感覺到火的熱氣。

「我喜歡把熱狗烤得很焦。」露西說。她轉著棍子，將熱狗遞到火堆深處。「我就是喜歡那種焦焦的味道，你呢？」

我正想開口回答，熱狗卻從棍子上掉下來了。

「哎呀，慘啦！」我大叫道，眼看著熱狗掉到赤紅的烈火中。

我轉頭看著露西，卻驚訝的——應該說是害怕的——發現她探身向前，伸手到火堆裡，從燙熱的灰燼中抓起我的熱狗，將它拿出來……

5.

「妳的手！」我不由得跳起來尖叫道。

黃色的火焰跳到她的手掌上，往臂上竄去。

露西將熱狗交給我。

「拿去。」她冷靜的說。

「可是妳的手……」我驚懼得再次喘氣大聲喊道。

她皮膚上的火焰漸漸變弱了。露西垂眼看著自己的手，一臉疑惑，彷彿不明白我在緊張什麼。

「噢！嘿——」她終於叫了起來，黑色的眼珠瞪得圓圓的。「哇！好燙啊！」

她用力甩著手，直到火焰滅掉爲止。

這句英文怎麼說

你要不要來點薯片？
You want some potato chips?

接著她大笑起來，「至少我把你那根可憐的熱狗救回來了，希望你喜歡吃燒焦的熱狗！」

「可、可是……」

我結巴了老半天，望著她的手掌和手臂。本來上面全是火焰的，可是卻看不見任何燙痕，連一點痕跡都沒有。

「麵包在那邊。」她說，「你要不要來點薯片？」

我依然盯著她的手臂，問道：「要不要去找護士？」

她揉揉自己的手臂和手腕。

「不用了，我沒事，眞的。」她又動了動手指，「你瞧。」

「可是那火……」

「走啦，哈利。」她把我拉回擺食物的桌邊，「晚會活動快開始了。」

我在餐桌邊遇到亞力克，他還跟那個金髮矮男生混在一起。

「我已經交到一位朋友了。」亞力克嘴裡塞滿洋芋片，對我說。「他叫艾維斯。你相信嗎？艾維斯．麥葛羅，他住我們的小屋。」

「酷。」我咕噥道，心裡還在想著露西臂上滾動的火焰。

「這個夏令營很棒耶！」亞力克說，「艾維斯和我要去參加才藝表演跟音樂表演。」

「酷哦！」我又說了一遍。

我抓了一條熱狗麵包，在盤子裡扔了些洋芋片，尋找著露西。我看見她在跟營火旁的一群女生說話。

「喲喝，月魂！」一陣低沉的聲音轟了過來。這聲音大家都認得出來，一定是馬文叔叔。

「所有人圍著營火各就各位！」他命令道，「快點——各就各位，每一個人都要！」

大夥兒手拿著盤子和汽水罐，匆匆跑到營火邊圍個圈圈。女生全坐在一起，男生也都坐在一堆。

我猜每個小屋都有自己的位置吧。

馬文叔叔把亞力克和我帶到場中央。

這句英文怎麼說

大家複誦著營呼，再舉手行禮。
Everyone repeated the cry and gave the salute.

「喲喝，月魂！」他又喊了一次，聲音震得火焰抖動不已。

大家複誦著營呼，再舉手行禮。

「先唱我們的營歌來開場吧。」馬文叔叔宣布。

所有人站了起來，馬文叔叔率先開唱，大家接著跟進。

我努力跟著唱，不過我當然不知道歌詞或曲調啦。

歌詞一直重複著一句話：「我們擁有魂魄——而魂魄擁有我們。」

我實在不懂它的意思，不過覺得滿酷的。

這首歌很長，裡頭有很多詩句，而且總是會繞到：「我們擁有魂魄——而魂魄擁有我們」這一句話上。

愛現的亞力克用最大的聲量唱著，他也不知道歌詞，不過他裝懂，照樣放聲高歌。

亞力克有夠迷戀自己優美的歌聲和精確的音準，一逮到機會就拚命表現。

我望著站在老弟身邊的那位新朋友——艾維斯。艾維斯揚著頭，張大了嘴，也用最大聲量高聲唱著。

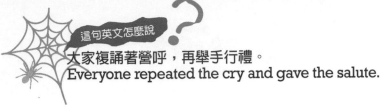

我想亞力克和艾維斯正在暗中較勁，看誰能把樹上的葉子震下來！

問題是，艾維斯的歌唱得很爛！他的聲音又尖又扁，而且五音不全。

就像我家老爸說的：「連廣告歌都唱不好！」

我很想摀住耳朵，可是我也很努力在跟著唱。

有這兩位大爺站在身邊，我實在很難唱下去。亞力克唱得震天價響，連脖子上的青筋都浮起來了。

艾維斯則想用他的荒腔走板蓋過亞力克。

我的臉好熱。

一開始，我以為是營火燙熱的，後來才發現自己是在臉紅。

亞力克把我搞得尷尬死了，到營地的第一天晚上就愛現成那樣。

馬文叔叔沒在看，他已經邊走邊唱的晃到營火另一邊的女生堆去了。

我偷偷溜開火堆邊。

覺得實在沒臉待在那裡，我決定等歌一唱完，再立刻溜回原位。

我就是沒辦法坐在那裡，看著我家老弟那副驢樣。

這句英文怎麼說

我很想摀住耳朵。
I wanted to cover my ears.

營歌繼續唱著，「我們擁有魂魄——而魂魄擁有我們。」大家都在唱。

這歌到底有沒有唱完的時候啊？眞搞不懂。我退到後邊的樹林裡，一離開營火，隨即感覺冷多了。

即使退到了這邊，我還是能聽到亞力克賣力的歌唱。

我決定跟他談一談，告訴他那種炫耀的方式一點都不可愛。

「媽呀！」我大叫一聲，因爲有人拍著我的肩膀。

有人從後面抓住我。

「嘿——」我轉身看著樹林，斜眼瞪著一片漆黑。

「露西！妳在這裡做什麼？」我喘著氣問。

「救我，哈利。」她輕聲哀求道，「你一定得救救我。」

6.

「露西——怎麼啦？」我背上一陣發涼，低聲問道。

她張嘴想回答，卻被馬文叔叔大聲打斷。

「喂，你們兩個！哈利、露西，不准溜到樹林裡！」

團員全笑成一團，我感到自己的臉又燙起來了。我是那種很容易臉紅的人，儘管很討厭這一點，可是又有什麼辦法呢？

大夥兒瞪著看我和露西走回營火邊，亞力克和艾維斯正擊著掌，嘲笑我們。馬文叔叔盯著我走回去。

「我很高興你們兩位這麼容易就交朋友了，哈利。」他大聲說，接著所有團員又大聲嘲笑我和露西。

這句英文怎麼說？

現在我要講兩個鬼故事。
Now I'm going to tell the two ghost stories.

我糗爆了，巴不得能縮小變不見。

不過我也很擔心露西。

她是不是跟蹤我到林子裡的？爲什麼？

她爲什麼要我救她？

我在露西和艾維斯之間坐下來。

「露西——怎麼回事？」我低聲問。

她只是搖了搖頭，沒看我。

「現在我要講兩個鬼故事。」馬文叔叔宣布道。

有些人倒抽一口氣，所有人突然都安靜下來，我覺得十分詫異。

木柴的燒裂聲似乎更響了，在劈啪作響的火焰後，我聽到風聲不斷呼呼的吹過松林。

我覺得頸背上冷颼颼的。

我告訴自己，那只是涼風罷了。

爲什麼大家突然都變得這麼嚴肅、這麼害怕？

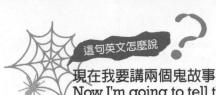

「月魂夏令營的兩則鬼故事已經傳了好幾代了。」馬文叔叔說，「只要有人說鬼故事，這兩則故事就會永遠流傳下去。」

我看見火堆對面有一對團員在發抖。每個人都瞪著火堆，面色凝重、嚴酷而恐懼。不過是個鬼故事嘛！大家的反應爲什麼這麼奇怪？

他們這個夏天一定聽過這些鬼故事了，爲什麼看起來還這麼害怕？

我竊笑了起來。

怎麼會有人害怕聽無聊的夏令營鬼故事？

「這些人是怎麼啦？」我轉向露西問道。

「你不怕鬼嗎？」露西瞇著眼睛看我，低聲問道。

「鬼？」我又竊笑了起來。「亞力克和我根本不相信有鬼。我們從來不怕鬼故事的，從來不怕！」

露西向我靠過來，對著我耳朵低聲說：「今晚過後，只怕你們會改變心意。」

這句英文怎麼說

今晚過後，只怕你們會改變心意。
You might change your mind-after tonight.

7.

閃動的火焰竄上黑暗的星空，馬文叔叔探向橘色的火光，小小的圓眼炯燦生光。林子裡突然一片靜寂，連風都不再吹響了。

背後的空氣變得好冷，我挨到營火邊，看見別人也都靠得更近。

沒有人說話，所有人的眼睛都盯著馬文叔叔的笑臉。

接著他用低沉的聲音，娓娓道出第一個鬼故事……

一群人跑到森林裡露營過夜，他們帶著營帳、睡袋排成一列，沿著林間窄小蜿蜒的泥土路前行。

他們的輔導員名叫約翰，約翰帶領著大夥兒深入森林之中。

天上烏雲飄動著，當雲朵遮去滿月時，一群團員便被籠罩在漆黑之中了。他們彼此緊緊相隨，努力辨識曲折的小徑。

有時雲朵飄開時，月光便灑落在他們身上。樹林泛出銀色清冷的光芒，彷若有鬼魂在其間飄盪。

一開始大家還唱著歌，然而當大家深入林子後，聲音就變得又細又尖，被樹林掩去了。

他們停止了歌唱，並聆聽腳步的踩踏聲，以及夜間動物在草叢間奔竄的沙沙聲響。

「我們要走到什麼時候才紮營？」一名女孩問約翰。

「我們得再深入林子裡。」約翰答道。

他們繼續前行。空氣變得更冷了，樹被旋風颳得在他們四周彎折、顫動。

「我們現在可以紮營了嗎？約翰。」一個男生問。

「不行，再走遠一些。」約翰回答，「再深入林子裡一點。」

路到盡頭了，團員得擠過樹林，繞過多刺的樹叢，越過厚厚的枯葉。

這句英文怎麼說

我們得再深入林子裡。
We have to go deeper into the woods.

貓頭鷹在頭頂上呼呼作聲，團員們聽見蝙蝠的振翼聲，腳邊還有東西在梭行滑動。

「我們眞的好累啊，約翰。」一個男生抱怨著，「我們能不能停下來搭帳篷？」

「再深入林子一點。」約翰堅持道，「除非我們眞的深入林子裡，要不然在外頭過夜就不好玩了。」

於是他們繼續前進，聽著夜間動物的各種叫聲，看著一棵棵老樹在他們身邊彎曲搖擺。

最後他們終於來到一塊平坦寬闊的空地上。

「現在可以紮營了嗎？約翰。」團員們哀求道。

「可以了。」約翰同意道，「我們已經在林子深處了，這個地點很完美。」

團員們把所有的袋子、物品放到空地中央，銀色月光灑在他們身邊，映得平滑的地上閃閃發亮。

他們將帳篷拉出來，動手攤開帳子。

可是，一陣奇異的聲響使得眾人全停下手上的工作。

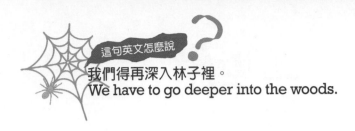

喀咚、喀咚……

「那是什麼？」一名團員大聲問道。

約翰搖搖頭，「也許只是風在吹吧。」

他們又回去搭帳子，把棍子插到鬆軟平整的地上，再把帳子攤開。

可是那奇怪的聲音又惹得他們再度停手。

喀咚、喀咚……

團員們覺得詭異極了。

「到底是什麼聲音？」他們問。

「也許是某種動物吧。」約翰回答。

喀咚、喀咚……

「可是聽起來好近！」一名男孩大叫道。

「是從我們上方來的。」另一個男生說，「也許是從我們下面發出來的！」

「只不過是一種吵鬧聲而已，」約翰告訴大家，「別擔心。」

於是他們把帳篷搭好，再將睡袋鋪到營帳裡。

這句英文怎麼說

是從我們上方來的。
It's coming from right above us.

喀咚、喀咚……他們想不去理會，可是那聲音好近，逼得好近，而且聽起來非常奇怪，卻又如此的熟悉。

那會是什麼聲音？

團員們紛紛揣測，到底是什麼東西會發出那樣的聲音？

喀咚、喀咚……

團員們睡不著，那聲音太響、太嚇人——也太近了。

喀咚、喀咚……

他們鑽到睡袋裡，緊緊拉上拉鍊，摀住自己的耳朵。

喀咚、喀咚……

沒有用，那聲音就是揮之不去。

「約翰，我們沒辦法睡。」團員們紛紛抱怨道。

「我也沒辦法睡。」約翰回答。

喀咚、喀咚……

「我們該怎麼辦？」團員問輔導員。

約翰還來不及回答，他們就又聽見另一聲「喀咚、喀咚」了。

接著是一記低吼：「你們爲什麼站在我的心臟上面？」

大地隨即震動了起來，團員們突然意會到那可怕的聲音是什麼了。當地面向上拱起時，他們終於明白——爲時已晚的明白到——他們把帳篷搭在一隻巨獸平滑的皮膚上了。

「我想我們『太深入』森林裡了！」約翰大叫。

那是他最後的遺言了。

喀咚、喀咚……

怪獸的心跳聲。

接著牠揚起巨大多毛的頭顱，張開大嘴，一口將約翰和團員們吞掉。

當他們滑下怪獸的喉嚨時，聽見那心跳聲越來越響。

喀咚、喀咚、喀咚、喀咚、喀咚、喀咚！

馬文叔叔用最大的聲量吼出最後那聲「喀咚」。

有些團員尖叫起來；有些則一臉恐懼，默不作聲的看著馬文叔叔。坐我身邊

你們為什麼站在我的心臟上面？
Why are you standing on my heart?

的露西緊抱著自己，咬著下唇。

馬文叔叔笑了，臉上閃著跳動的橘色火光。

「那故事好好笑哦！」我大笑著轉向艾維斯大聲說。

艾維斯瞇著眼睛看我，「什麼？好笑？」

「是啊，這故事真的好好笑。」我重複道。

「可是那是『真的』呀！」艾維斯狠狠的瞪了我一眼，輕聲說道。

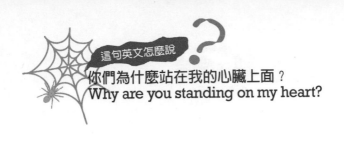

8.

「是唷，才怪！」我一邊大笑著說，一邊還翻著白眼。

我以爲艾維斯也會跟著笑，可是他沒有。他瞪著我，蒼藍的眼中閃著火光，接著轉過身去跟我弟弟說話。

我的背脊起了一陣寒顫。

艾維斯的舉止爲什麼那麼奇怪？他眞的以爲我會相信那種無稽的故事嗎？我都十二歲了，老早就不相信復活節兔子跟牙仙之類的玩意兒了。

我轉身看看露西，她依然擁著自己，定定的凝視火堆。

「妳信他的話嗎？」我指指艾維斯說，「這人是哪根筋不對啊？」

露西直楞楞的看著前方，似乎陷入了沉思。我想她並沒聽見我說話。

這句英文怎麼說

我看著他們重新生火。
I watched them rebuild the fire.

最後她終於抬起頭，眨眨眼問：「什麼？」

「我弟弟的新朋友啦。」我說著又指指艾維斯，「他說馬文叔叔的鬼故事是真的。」

露西點點頭，但沒答腔。

「我覺得那故事挺好笑的。」我說。

露西撿起了一根樹枝丟進火堆裡，我等她說點什麼，可是她似乎又陷入沉思中了。

營火的火焰已經弱下來了，地上散著、跳著紅色火星的灰燼和燃燒的木塊。

克里斯和另一名輔導員拿著新木柴走進聚會的圈子裡。

我看著他們重新生火，把一綑綑的樹枝堆到火燼上，等樹枝燃燒起來後，再把木塊堆到樹枝上。

接著他們退開去，馬文叔叔在火堆前站定位置。他立在那裡，兩手插在白褲子的口袋裡，頭頂後方掛著一輪滿月，一頭黑髮被映得格外烏亮。

他笑了笑，「現在我要說月魂夏令營的第二個傳統故事了。」他宣布道。

圍坐的團員們再次靜默下來，我往後靠，想吸引老弟的注意，不過亞力克正盯著火堆另一邊的馬文叔叔。

我知道亞力克大概會覺得第一則鬼故事很無聊，他比我更討厭鬼故事，認爲鬼故事都是小孩子的笨玩意兒，我也一樣。

那麼艾維斯又哪裡不對勁了？

他是在耍寶？在嘲弄我？或是想嚇唬我？

馬文叔叔有如洪鐘的聲音打斷我的思緒。

「我們每年在月魂夏令營都會講這個故事，」他說，「魔鬼夏令營的故事。」

他嗓音一沉，近乎耳語，我們全都得靠過去才聽得見。他悄聲告訴我們魔鬼夏令營的故事。

故事發生在一個與月魂夏令營非常類似的營地中。在一個溫暖的夏日夜晚，團員們和輔導員圍坐在營火邊開輔導會。

他們一邊烤著熱狗和軟綿糖，一邊唱著夏令營的歌曲。其中一名輔導員彈著

這句英文怎麼說

輔導員們便輪流講鬼故事。
The counselors took turns telling ghost stories.

吉他，帶領大家一曲唱過一曲。

當他們唱累了，輔導員們便輪流講鬼故事，說著近百年來，由夏令營的團員一代代傳下來的種種傳說。

夜漸漸深了，營火已經轉弱，月亮飄在高空之中，那是一輪蒼黃的滿月。

營地主任走上前來結束這場輔導會。這時，一片陰影突然籠罩住大家。

大夥兒抬頭仰望——發現月亮被一大片烏雲遮住了。

接著一陣陣霧氣飄進了營地，原本又冷又濕的灰霧慢慢越變越黑，而且越來越濃。

最後霧氣瀰漫了整個營區，有如滾滾黑煙，翻騰不已。

濕冷的霧氣漫過將熄的營火，籠罩著團員及輔導員，掩蓋過每間木屋、湖面及樹林。

那霧濃黑得令人喘不過氣，團員們根本看不到彼此，也見不著營火、大地或天上的月兒。

霧氣盤桓了一會兒後，緩緩飄降到地面。四周一片潮濕——潮濕而寂靜。

霧氣繼續靜悄悄的飄移，彷彿被吹散了的煙。

月光終於透射進來，草地發出了亮光，宛如上面沾著沉重的露珠。

火滅了，深紫色的灰燼在地上滋滋作響。

霧氣退走了，飄過樹林，接著消失無蹤。

團員們圍坐在熄滅的營火邊，眼神呆滯，雙手軟軟的垂在身側。

他們一動也不動，一動也不動，一動都不動的……

因爲他們已不再擁有生命，怪霧把這裡變成了魔鬼夏令營。

團員、輔導員及營地主任——現在全變成鬼了。

全都成了魂魄，成了魔鬼，沒有一個人倖免。

他們站起身，回到自己的鋪位上。

他們知道魔鬼夏令營現在已成了他們的家——永遠的家！

馬文叔叔帶著笑意，從火堆邊退開。

我瞄了衆人一眼，大家都一臉嚴肅，沒有人微笑或笑出聲來。

這句英文怎麼說

我轉身想探問亞力克的意見。
I turned to see what Alex thought.

我覺得這故事滿好聽的，有點恐怖，不過結尾好像不怎麼樣。

我轉身想探問亞力克的意見。

看到他臉上驚懼的表情時，我嚇了一跳。

「亞力克——怎麼啦？」我大叫一聲，聲音劃破了眾人的靜默。「怎麼回事？」

他沒回答，只是看著天空，用手指著。

我也抬眼望過去——接著驚呼一聲。

因爲有一片黑霧，正滾滾的向夏令營漫湧過來。

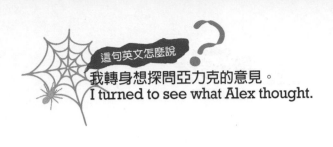

9.

我張大嘴看著霧氣飄來，那霧氣朝我們漸飄漸近，地表都被掩暗了。

它蓋去了樹林，遮去了天空。

太可怕了……我告訴自己。

這是不可能的！

「這只是巧合而已。」我火速跑到亞力克身邊告訴他。

亞力克似乎沒聽見我的話，他跳起來，渾身都在發顫。

「不過是場霧，」我站到他身旁，努力平靜的說，「樹林裡經常會起霧的。」

「是嗎？」亞力克細聲問著。

黑色的濃霧環住了我們。

這句英文怎麼說

為什麼大家都在看我們？
Why is everyone staring at us?

「當然。」我回答，「喂，我們不相信有鬼，還記得吧？我們不覺得鬼故事有什麼可怕的。」

「可是……可是……」亞力克結巴了起來，終於擠出一句話：「爲什麼大家都在看我們？」

我轉過身，斜眼望進濃濃的霧氣。

亞力克說的沒錯，其他圍著圈子的團員，眼睛全盯在我和亞力克身上，在濃霧的掩映下，他們的臉看起來格外邪氣。

「我……我不知道他們幹嘛看我們。」我對弟弟低聲說。

霧氣在我們身邊滾動，我打了個寒顫，那霧氣觸著皮膚，感覺好冰啊！

「哈利……我不喜歡這裡。」亞力克嘀咕道。

霧氣現在變得十分濃重，我幾乎看不到亞力克，雖然他就站在我旁邊。

「我知道我們不相信有鬼，」亞力克說，「可是我不喜歡現在這個樣子，這太……太恐怖了。」

馬文叔叔的聲音自圈子彼端響起，打破了沉寂。

「大家全站起來，一起唱月魂夏令營的營歌吧！」

亞力克和我已經站起來了，其他團員和輔導員順從的站了起來。

他們蒼白的臉孔在霧氣中忽隱忽現。

我揉揉自己的手臂，感覺又冷又濕。

我抓起T恤前襟擦拭著臉。

馬文叔叔唱起歌時，霧氣越發的濃黑、沉重了，大夥兒紛紛加入歌唱行列。

旁邊的亞力克也跟著唱，這回他可收斂多了。

我們的聲音被濃密的霧氣掩住，連馬文叔叔的大嗓門聽起來都又遠又小。

我也跟著唱，但我不知道歌詞，擠出來的聲音又破又細。

我凝望著翻騰不已的霧氣，只覺得歌聲漸漸遠飄。大家都在唱歌，但聲音卻被濃霧吞噬了。

歌聲逐漸沉落、消失，所有歌聲都不見了，只剩下亞力克的聲音。

他似乎是唯一還在唱歌的人，在陰黑的濃霧裡，亞力克純美輕柔的歌聲在我身邊飄盪。

接著亞力克也停止歌唱了。

霧繼續飄滾，黑暗逐漸消散，銀色的月光再次灑落在我們身上。

亞力克和我驚訝的四下張望。

沒有一個人留下來，只剩亞力克和我兩個人。

我們獨自站在一堆將熄的火堆之前……

這句英文怎麼說

接著亞力克也停止唱歌了。

And then Alex stopped singing, too.

10.

我眨眨眼，接著又眨了幾次眼。

我不知道自己在期待什麼，難道我以爲他們全都會再次出現嗎？

亞力克和我呆若木雞的望著火圈另一端。

他們隨著霧氣消失了，團員們、輔導員，還有馬文叔叔。

我背上一陣麻涼，皮膚仍感受到濕冷的濃霧。

「人……人呢？」亞力克勉強出聲道。

我重重的嚥著口水。

一塊燃木碎入紫色的灰燼中，那輕響嚇了我一跳。

我震了一下，接著放聲大笑。

這句英文怎麼說

他們全跑進林子裡了。
They all ran off into the woods.

「哈利？」亞力克斜眼打量著我問道。

「你不明白嗎？」我告訴他，「這是在開玩笑啦！」

「呃？」他更努力的看著我。

「是夏令營的玩笑，」我又解釋，「他們大概都會這樣整新團員吧。」

亞力克整張臉皺成包子狀，思索這種可能性，不過我覺得他並不相信我。

「他們全跑進林子裡了。」我對他說，「他們在霧氣的掩護下跑走了，那些人全是一夥的，我敢打賭他們對每個新團員都玩這一招。」

「可是……可是那場霧……」亞力克結巴的說。

「我看那霧八成也是假的！」我大聲叫道，「說不定他們有什麼噴霧器之類的輔助器材。」

亞力克揉著自己的下巴，眼裡依然透著恐懼。

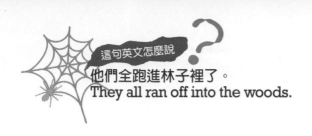

「說不定他們常玩呢。」我對他保證道，「由馬文叔叔講故事，再由某人打開煙霧器，讓黑煙瀰漫整個營火圈，最後大家都跑走、躲起來了。」

「我看不見有人躲在那裡呀，」亞力克轉身看著樹林，輕聲說著，「沒瞧見有人在監視我們。」

「他們一定全回木屋去了。」我告訴他，「我敢說他們一定在等我們，等著看咱們的表情。」

「等著嘲笑我們被騙。」亞力克補充道。

「咱們走！」我說著用力拍著老弟的肩膀，接著跑過潮濕的草地，朝小屋的方向奔去。

亞力克緊跟在後頭，前方的草皮在月光照映下閃著銀光。

用肚臍想都知道——當我們接近木屋時，所有團員全跑了出來，一群人又笑又叫，互相擊掌慶祝。

他們好得意，並告訴我們每逢起霧，他們就對新團員開這個玩笑。

我看見露西跟一群女生笑成一團。

艾維斯抓著亞力克，跟他在地上摔著玩。

大家都嘲弄我們，說當時我們的表情有多驚慌。

「我們連一秒鐘都沒被嚇到。」我謊稱道，「亞力克和我在霧氣散掉之前就

這句英文怎麼說

五分鐘後熄燈。
Lights out in five minutes.

猜到了。」

大家一聽，又笑鬧了起來。

「嗚——」有些人用手圈在嘴上裝鬼叫。

「嗚——」結果引來更多哄笑。

我不在乎他們的揶揄，一點也不在意。

我覺得鬆了一大口氣，心臟還在怦怦亂跳，膝蓋也有點軟趴趴的。

不過，我好高興這一切都只是玩笑而已。

每個夏令營都有自己整人的方式，我對自己說，這個玩笑眞的挺精彩的。

不過我沒被騙倒，反正——沒被騙很久就對了。

「五分鐘後熄燈。」大嗓門馬文叔叔下令要大家別再鬧了。「熄燈了，團員們！」

大家轉身跑回自己的床位。我望著成排的木屋，突然覺得有點困惑。

哪一間木屋是我們的？

「這邊，哈利。」亞力克說，他拉著我朝第三間木屋走。亞力克在這方面的記憶力比我強。

他和我走進屋裡時，艾維斯和另外兩個傢伙已經在裡面了。他們正在換睡衣，那兩個傢伙自我介紹，說他們叫山姆及喬伊。

我摸到自己的鋪位上，脫下衣服。

「嗚——」一聲鬼叫嚇得我整個人跳起來。

我火速回頭，看到喬伊咧嘴衝著我笑。

大家都在笑，我也一樣。

我想，我很喜歡營地的玩笑吧。雖然惡劣，可是眞的很好玩。

我赤腳踩到某種軟軟黏黏的東西，挺噁心的！

垂眼一看，我發現自己踩到一堆新鮮的藍色黏糊。

小屋的燈熄了，但在燈滅之前，我看到許多團黏糊——新的黏糊——到處散置在地板上。

那冷冰冰的藍糊黏在我的腳底，我踉蹌的走過烏漆抹黑的木屋，找到一條毛巾把黏糊擦掉。

這句英文怎麼說

這些藍色的黏糊到底是啥玩意兒？
What are there blue puddles?

這些藍色的黏糊到底是啥玩意兒？我一邊爬到上鋪，一邊問著自己。
我瞥見牆邊床上的喬伊和山姆，忍不住倒抽一口寒氣。
他們正回望著我，眼睛竟然像手電筒似的閃著晶光。
這裡到底出了什麼事？
這些散落在地板上的黏稠藍糊是什麼？
山姆和喬伊的眼睛在黑暗中又爲什麼會發出那種亮光？
我轉身看著牆，努力別去想任何事。
就在我快要睡著之際，我感覺到一隻冰冷滑涼的手撫著我的臂膀。

11.

「啊？」

我坐起身來，皮膚依然感覺到那濕冷的觸感。

「亞力克——你想嚇死我啊！」我望著弟弟，低聲說，「你要做什麼？」

他站在床墊上，一對黑眼睛望著我。

「我睡不著。」他咕噥道。

「再繼續試試。」我火爆的對他說，「你的手爲什麼這麼冰？」

「不知道，大概是因爲這裡很冷吧。」

「你會習慣的。」我說，「你到新的地方，總是睡不好。」

我打了個呵欠，等他退回下鋪去，可是他一動也沒動。

這句英文怎麼說

他們的眼睛還在發著怪光嗎？
Were their eyes still glowing so strangely?

「哈利，你不信有鬼吧？對不對？」他輕聲說。

「當然不信。」我告訴他，「你別讓幾個無聊故事嚇到了。」

「是啊，對嘛。」他同意道，「晚安。」

我也跟他道晚安。亞力克退回自己的床上，我聽見他在床上輾轉反側，他的床墊很會吱嘎亂響。

可憐的老弟，他真的被那個濃霧瀰漫的魔鬼夏令營故事嚇到了。

我想他明早就會沒事了。

我翻身看著木屋另一邊，喬伊和山姆的睡鋪。

他們的眼睛還在發著怪光嗎？

沒有了——那邊一片漆黑。

我正想翻過身時，卻停住了。我努力的看著。

「哇啊，我的媽呀！」我大呼一聲。

在昏暗的光線中，我可以看得到伸直身子睡覺的喬伊，他睡著了。

可是他飄浮在床墊兩呎之上的空中！

12.

我七手八腳的想爬下床，腳卻被毛毯纏住，差點一頭栽倒！

「喂——怎麼啦？」我聽見下頭的亞力克小聲問道。

我沒理他，逕自一個翻身跳到地板上。

「唉唷！」因落地太猛，我扭傷了腳踝。

刺痛感傳遍我的腿，但我管不了那麼多，繼續拐到門口。我記得燈的開關就在那附近。我得開燈才行，得看清自己有沒有看錯，看看喬伊是不是飄睡在自己的床鋪上方。

「哈利——怎麼啦？」亞力克在我身後喊著。

「怎麼啦？現在幾點了？」我聽到艾維斯在另一頭牆邊睏聲問著。

這句英文怎麼說

我抬眼看著喬依的床。
I raised my eyes to Joey's bunk.

我勉強走到小屋一邊，慌亂的在牆上摸索，最後找到了電燈開關。

我將開關扭開，頭頂的燈一下亮了，白色的光將小小的木屋照得通明，我抬眼看著喬伊的床。他從枕上抬起頭，斜眼俯望著我。

「哈利——你在搞什麼？」他問。喬伊是俯趴著的，而且是趴在他的毛毯上面。不是飄在空中，他沒有飄在半空中。

喬伊將頭枕在手上，打著呵欠、看著下邊的我。

「把燈關掉啦！」山姆吼道，「萬一被馬文叔叔看到我們的燈沒關……」

「可是……可是……」我支支吾吾的說。

「關掉啦！」艾維斯和山姆齊聲說道。

我將燈扭熄。

「對不起，」我低聲說，「我還以為自己看到了什麼東西。」

我覺得自己像個呆子，怎麼會以為喬伊飄在半空中？

我一定跟亞力克一樣被嚇到了，現在竟然連幻覺都出現了！

我暗罵著自己，並要自己冷靜下來。

第一天到夏令營，我只是太緊張而已。

我慢慢走回自己床上，才走到一半，又踏到一片冰冷黏稠的東西。

翌日早晨，亞力克和我看到我們的白色營服——白短褲和T恤——就擺在我們的床腳。

現在我們不會顯得那麼刺眼突兀了，我開心的想。

我們眞的可以成爲月魂夏令營的一員了。

我很快的忘了昨夜的恐懼，等不及盡快展開夏令營的一天。

那天下午，亞力克去參加月魂夏令營才藝表演的試唱。

我得到足球場去，我們一群人得練習搭營帳，準備到樹林裡過一夜。

不過，我在大廳旁的戶外舞台前停下來，聆聽亞力克唱歌。

一名叫蕊妮佳的輔導員負責預賽事宜，她留了一頭及腰的銅色長髮。我靠在樹上看著。

很多人都來參加試演，我看到兩個人彈吉他，一個吹口琴的男生，有人跳踢

這句英文怎麼說

我弟弟不聽任何新樂團的歌。
My brother doesn't listen to any new groups.

踏舞，還有兩個人要指揮棒。

蕊妮佳在舞台前方彈著一小架直立式鋼琴，她叫亞力克上去，問他要唱什麼。亞力克選了一首他喜歡的「披頭四」歌曲，我弟弟不聽任何新樂團的歌，他喜歡「披頭四」和「海灘男孩」——所有六〇年代的團體。

他是我所認識唯一會去聽老歌電台的十一歲小孩。我有點替他難過，覺得他好像生錯了年代。

蕊妮佳在琴上彈幾個音，亞力克便唱了起來。

好美的聲音啊！

其他小孩本來都在一旁笑鬧、講話的，亞力克唱了幾秒鐘後，大家全都安靜下來，聚到舞台邊專心聆聽著。

他看來真的很具職業水準耶！我的意思是，也許他能有樂團伴奏，或錄一張ＣＤ什麼的。

就連蕊妮佳也感到非常驚喜，我可以看到她在幫亞力克伴奏時，露出了「哇！」的嘴型。

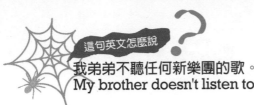

亞力克唱完後，大家全都鼓掌叫好。他從小舞台跳下來時，艾維斯還跟他高高的擊了個掌。

蕊妮佳接著叫艾維斯上台，他跟蕊妮佳說他想唱一首「貓王」的曲子，因爲他的名字跟「貓王」艾維斯．普里斯萊一樣。

他清了清嗓子，唱起一首叫「傷心旅店」的歌。

嗯……聽起來「眞的」滿傷心的——因爲艾維斯沒有一個音唱得準！

蕊妮佳努力想配合他，可是看得出她彈得很辛苦，我想她搞不好很想不彈了，只想把耳朵摀住哩！

艾維斯的聲音又高又尖，音準奇差，聽得人臉都皺成一團。

舞台邊的人紛紛嘟嘟囔囔的走開了。

艾維斯閉著眼睛，陶醉在自己的歌聲當中，甚至沒看到他們的離去。

難道他不知道自己唱得有多恐怖嗎？

我實在不懂。

歌聲明明跟哀鳴的小狗一樣，幹嘛還來參加才藝表演的試唱？

這句英文怎麼說

因為艾維斯沒有一個音唱得準！
Because Elvis couldn't sing a single note on key!

艾維斯重複唱副歌的部分，我決定在自己的耳膜被震破之前離開那裡。

我對亞力克很快的豎了豎大拇指，再匆匆趕往足球場。

山姆、喬伊和其他一群孩子已經在攤帳篷，準備練習搭營了。負責人是輔導員克里斯。

他對我揮揮手。

「哈利——把那邊那頂帳篷攤開。」他指示道，「看看你能多快把營帳搭好。」

我拿起帳篷，帳子紮得很緊，綑成了背包大小。我拿在手裡翻著，以前從來沒有搭過帳篷，不確定該怎麼將帳子拆開。

克里斯看到我一臉困惑，便走過來說：「很容易的。」

他將兩根繫繩一扯，尼龍做的營帳便攤了開來。

「你瞧，這邊是支撐的棍子，只要把帳子攤開撐起來就行了。」

他把那綑東西交還給我。

「是唷，很容易。」我重述道。

「那是什麼鬼聲音啊？」喬伊從他的營帳邊抬起頭問。

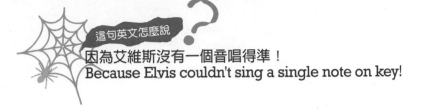

我努力聽著，「是艾維斯在唱歌。」並告訴他們。

荒腔走板的歌聲從舞台飄到了足球場。

「聽起來像落入陷阱的困獸。」山姆搖搖頭說。

大夥兒一聽全都笑了。

喬伊和山姆脫下布鞋，光著腳走來走去，我也把鞋子脫了，溫暖的草皮踩在腳下，感覺舒服極了。

我將營帳攤在草地上，把營棍堆到旁邊。

太陽曬在脖子後，感覺挺熱的，我在手臂上打死了一隻蚊子。

接著聽見一聲吼叫，我抬眼看到山姆和喬伊扭成一團，他們不是在打架，只是在玩而已。

他們雙雙拿起棍子，當劍比劃，兩人大聲笑著，玩得開心極了。

不過接著山姆絆到了營帳，一個失衡，往前重重一摔。

看到營棍刺穿他的腳時，我放聲尖叫。

這句英文怎麼說

聽起來像落入陷阱的困獸。
It sounds like an animal caught in a trap.

13.

我的胃揪成一團，感覺快要吐了。

尖尖的營棍刺穿了山姆的腳掌前端，將他的腳釘在地上。

喬伊倒抽一口氣，張大嘴，雙眼露出驚恐的神色。

我慌亂的尋找克里斯，知道山姆需要幫忙。

克里斯跑哪兒去了？

「山姆——」我緊張的問，「我去求救，我去——」

可是山姆沒叫，他根本沒反應，連痛苦的表情都沒有。

他冷靜的彎下身，伸出兩手——將腳上的棍子拔出來。

我哀叫一聲，覺得「我的」腳在痛！大概是感同身受造成的吧。

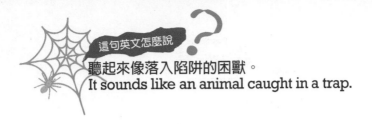

山姆將棍子扔到一旁。

我連忙低頭去看他的腳，沒有傷痕，沒有血跡，連血都沒流！

「山姆！」我大叫一聲，「你的腳……你的腳沒有流血！」

他轉身，聳聳肩說：「棍子沒刺到腳趾。」

他跪到地上，把營帳撐了起來。

我重重的吞著口水，等著糾成一團的胃部鬆緩下來。

沒刺到腳趾？沒刺到「腳趾」？

我明明看見棍子戳進他腳掌的！難不成這又是我的幻覺嗎？

之後那整個下午，我拚命不再去想這件事，專心搭著營帳。帳篷一旦攤開後，要搭就很容易了。

克里斯要我們練習攤綑帳子幾次，接著大家比賽看誰最快搭好帳篷。

我輕而易舉的贏了。

山姆說是初學者的好運。

這句英文怎麼說

我們去哪裡過夜？
Where do we go for the overnight?

克里斯說我已經準備好，可以去外頭過夜了。

「我們去哪裡過夜？」我問。

「到森林的深處。」克里斯回答，他對山姆和喬伊眨了眨眼。

想到馬文叔叔的故事，我忽然覺得毛毛的。

我將這思緒拋到腦後，我「絕對」不讓自己被無聊的營地故事嚇到。

湖水非常清澈涼爽，我在練習擔任少年救生員，喬伊和我輪流對彼此施救。

我沒去想山姆的腳被棍子刺穿的事，強迫自己不去想。

游完泳後，我回到住處換衣服，準備吃晚飯。小屋地板上又有一灘灘新的藍糊了。

既然沒有人理會這些東西，我也不想管，因此便努力不去想這件事。

「我是才藝表演第一個上台的！」亞力克興奮無比的走進來宣布道，「蕊妮佳非常喜歡我的表演，她要我在夏令營的音樂會上演唱。」

「太棒啦！」我大叫，跟他擊著手掌。接著我問：「艾維斯呢？」

「他也會參加表演，」亞力克回答，「他要當舞台監督。」

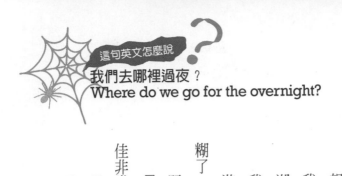

我套上白色的月魂夏令營短褲及T恤，往食堂走去。

只見一群女孩從另一頭的木屋走出來，我梭尋了一下，卻沒看到露西。

我的心情很好。

不去想我看到的那些怪事。

不去想那一灘灘的藍色黏糊、神祕的黑霧。

不想艾維斯所謂眞的鬼故事。

不想露西把手探到火堆中，幫我拿出熱狗的事。

不想喬伊飄浮在床上，或山姆被棍子刺穿腳掌的事——他既沒流血，也沒哭叫。

完全無動於衷，就好像沒有感覺，沒感到一絲痛楚似的。

我餓死了，非常期待晚餐，根本不去想這些怪事。

我心情眞的很好。

可是吃飯時，喬伊卻破壞了我的好心情，將所有恐怖的念頭全都帶回我的腦海裡了。

這句英文怎麼說

不去想我看到的那些怪事。
Not thinking about the strange things I'd seen.

食物剛剛上桌，有加了濃醬的雞肉、菠菜及一坨坨的洋芋泥。
我不在乎吃什麼，我實在太餓了，什麼都吃得下！
可是就在我還來不及吃之前，喬伊從桌子另一頭對我喊話。
「嘿，哈利——你看！」
我從餐盤上抬起眼睛。
他拿起叉子，一把深深刺進自己的脖子裡！

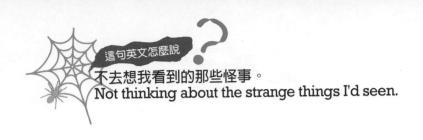

14.

「哇——」我呻吟一聲，叉子從手上跌落，噹的一聲掉在地板上。

喬伊對我咧嘴而笑，那叉子插在他脖子裡，上上下下的晃著。

我覺得想吐，心臟咚咚的亂跳。

他奮力一扯，拔出叉子，臉上依然帶著笑容。

「你來試試！」他喊道。

「喬伊——夠了！」艾維斯從桌子另一頭喊道。

我望著喬伊的脖子，沒有傷痕，沒有叉子的戳印，也沒有血。

「你……你是怎麼辦到的？」我終於結結巴巴的問。

喬伊的笑意更深了。

這句英文怎麼說

我讓你看看怎麼弄。
I'll show you how to do it.

「只是個小把戲而已。」他回答。

我瞄著坐在桌尾的亞力克。

他有沒有看到喬伊的「把戲」？

有的——亞力克的臉色發青，嘴巴因害怕而張得好大。

「來吧，我讓你看看怎麼弄。」喬伊表示道。

他再度舉起叉子——可是當他看到馬文叔叔靠到他的背後時，便停住了。

「怎麼啦？喬伊。」馬文叔叔凶凶的問道。

「只是在亂現而已。」喬伊把叉子放到桌上，避開馬文叔叔嚴厲的眼光。

「各位，開飯吧，不准再亂開玩笑了。」馬文叔叔嚴肅的說，他用粗短的手指抓緊喬伊的肩頭。「我們有一場夜間足球賽，男生對女生。」

馬文叔叔鬆開緊抓著喬伊肩膀的手，朝下一張桌子走去，那邊已經打起食物仗了，洋芋泥正在空中飛來飛去。

喬伊低聲咕噥了幾句。但四周吵成這樣，我實在聽不見他在說什麼。

我轉身看看桌尾的亞力克情況如何。他手裡拿著叉子，卻沒在吃東西。

我弟弟死盯著喬伊，臉上表情十分凝重。

我知道他跟我在想著同樣的事。

這個地方到底是怎麼回事？

喬伊說那叉子只是一種把戲，可是他是怎麼辦到的？為什麼不會痛？他為什麼沒流血？

「夜間足球賽很正點唷！」艾維斯說著把雞肉塞進嘴裡，奶醬流得他下巴上都是。

「尤其是男女對抗賽，」山姆表示同意道，「我們會痛宰她們！那些女生根本不是對手。」

我瞄著房間對邊女生的桌子，她們正在大聲的聊著天，也許在談足球賽吧。

我看到露西坐在近牆的陰影中，她似乎沒跟任何人說話，臉上表情十分嚴肅。她是不是一直在看我？

我看不清楚。

我吃著自己的晚餐，可是已經胃口全失了。

這句英文怎麼說

我告訴過你啦，只是一種把戲。
I told you. It's just a trick.

「你那個叉子是怎麼弄的？」我問喬伊。

「我告訴過你啦，只是一種把戲。」他回答，接著轉身去跟山姆聊天。

今晚的點心是紅黃綠相間的方型果凍，還不難吃，不過上面最好再加點鮮奶油。點心快吃完時，我聽見大房間前頭傳來陣陣尖刺的叫聲。

我轉頭往叫聲望過去，看到一隻蝙蝠在大廳上方狂亂的來回飛著。

有些小孩在尖叫，不過我們這桌的每個人都很鎮定。

蝙蝠大聲拍著翅膀，橫衝直撞，從大廳一端飛到另一端。

馬文叔叔拿著掃把在後頭追著，不過一、兩分鐘的時間，他就用麥桿做的掃把頭，輕輕把蝙蝠扣在牆上了。

接著他從牆上抓起蝙蝠，用單手拿著。

那蝙蝠好小！不比老鼠大。

馬文叔叔把蝙蝠拿出門外放走了。大家歡聲雷動。

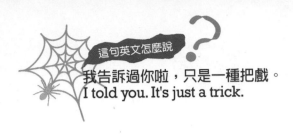

「常發生的，」山姆對我說，「因爲食堂的門沒裝任何紗窗。」

「而且樹林裡蝙蝠很多。」喬伊補充，「殺人蝙蝠會落到你的頭髮上，從你的頭上吸血哦。」

「是唷，才怪。」山姆大聲笑說，「喬伊就是被吸了血，所以現在才會變得怪怪的。」

我跟著其他人一起大聲哄笑。

不過，我懷疑山姆是不是真的只是在開玩笑。

我的意思是，喬伊的舉止確實是怪怪的。

「所有人到足球場集合！」馬文叔叔從食堂門口大聲喊道，「去找體育輔導員，艾莉莎和馬克會幫你們分組。」

大家跳起來，克里斯從石頭地板上匆匆走過。

我看到露西在跟我招手，可是山姆和喬伊將我拉開了。

在沁涼多雲的夜晚，圓月躲在矮雲背後，草地已沾上了沉重的露珠。

輔導員分好組。我和亞力克被分在第二隊，那表示我們不是踢第一場的，我們的工作就是站在邊線，幫第一隊的男生加油。

高柱上的照明燈在球場上打出一片片三角形的白光。其實燈光不太夠，球場

這句英文怎麼說

邊線上的女生們都快樂瘋了。
Girls on the sidelines went wild.

上拖著好多道長長的陰影，但那也是好玩的一部分原因。

球賽開始，亞力克緊依在我旁邊，女子隊不到一分鐘就得一分了。

邊線上的女生們都快樂瘋了。

男子隊的球員站著搔頭，鬱卒的嘀咕了幾句。

「破——蛋！破——蛋！」高高瘦瘦的馬克大聲喊道，他是男生的輔導員。

「給她們點顏色瞧瞧，兄弟們！」

球賽又開始了。

照明燈的燈光變暗了，我抬眼望著天空，看到霧氣飄散下來。

又是一場滾滾翻騰的霧。

馬克從我們前面跑過去，看起來活像隻大鸛鳥。

「今晚又起霧了。」他對我和亞力克說，「夜間球賽在霧裡進行更刺激唷。」

接著他對男子隊大聲下著指令。

濃濃的霧在風的吹拂下，很快的淹沒了我們。

亞力克緊緊靠在我身上，我轉頭看見他憂心的神情。

「你有沒有看到喬伊晚餐時做的事？」他輕聲問道。

我點點頭，「他說只是一種把戲而已。」

「哈利，」亞力克想了一會兒，眼睛盯著球賽說，「你不覺得這裡有些團員滿怪的嗎？」

「是啊，是有那麼一點。」我回答，又想到營棍刺穿山姆腳掌的事。

「湖邊發生了一件事，」亞力克接著說道，「我沒法不去想。」

我一邊看著球賽，一邊瞄著飄來的霧氣，越來越看不清球員了。女子隊爆出陣陣歡呼，想必是又進了一球，但層層霧氣擋住了我的視線。

「發生什麼事了？」我發著抖問弟弟。

「試唱會結束後，我跑去游泳。」他說，「我們隊上的，還有幾個女生隊伍也都在那兒，大部分是年紀較小的女生。」

「那湖很不錯，」我說著，「又清澈、又乾淨，而且水不會太冰。」

「是啊，是很好。」亞力克也同意，但又皺了皺眉，「可是發生了奇怪的事，我是說——我覺得滿怪的。」

這句英文怎麼說

那湖很不錯。
The lake is nice.

他深深吸了一口氣，看得出他的心情非常煩亂。

「加油，男子隊！快、快、快！」馬克對男子隊大聲喊道。照明燈的光在霧中彎彎折折，並在球場上打出了奇異的光影。霧現在變得好濃，根本分不清哪個是影子，哪個是球員。

「我當時飄在水面上，」亞力克將手環在胸前繼續說，「輕鬆的慢慢游著，我划著手……動作非常緩慢。

「那是自由時間，所以我們要怎麼玩都無所謂。有幾個男生在靠近岸邊的地方比賽仰泳，不過我是自己游自己的。

「湖水好清，我把頭埋到水裡，我看著湖底，接著……接著我看見那邊有個東西。」

他困難的嚥了一口口水。

「什麼東西？你看到什麼了？」我問。

「一個女孩。」亞力克聳聳肩說，「是低年級組的一個女生，我不知道她叫什麼名字，個子矮矮的，頭髮黑黑卷卷的。」

「她在水底下啊？」我問，「你是說她在水面下游泳嗎？」

「不是。」亞力克搖搖頭說，「她沒在游泳，沒在動，她在水底『很深』的地方……我的意思是，她在近乎湖底的地方。」

「她是潛下去的嗎？」我問。

「我嚇到了！」亞力克聳聳肩，又在兩隊球員的吼聲中揚聲說道，「她沒在動，我覺得她沒有呼吸，她的手臂上下飄著，而且眼睛——眼睛無神的望著水。」

「她淹死了嗎？」我大聲問。

「我就是那樣以爲。」亞力克說，「我慌張死了，我的意思是，我不知道該怎麼辦，我沒辦法思考，根本連想都沒想，直接就往下潛。」

「你潛到湖底去拉她嗎？」我問。

「是啊，我不知道自己是不是慢了一步，還是應該先去找輔導員或做別的。」亞力克又聳著肩說。

「我游下去，抓住她的手臂，再從肩下拖住她，將她拖上來。她很快就浮上來了，好像一點重量都沒有。

這句英文怎麼說

你可以閉氣閉多久？
How long can you hold your breath?

「我把她拉到水面上，將她往岸上拖，我喘得很厲害，大概是因爲太慌了吧，感覺上胸口都快爆了。我真的好害怕。

「接著我聽到一陣笑聲，她在笑我，我還抱著她哩——她轉過頭——接著把水潑到我的臉上！」

「噢，哇！」我倒吸一口氣，「亞力克，你是說她沒事嗎？」

「是啊。」亞力克搖著頭回答。「人家好得很，她大聲嘲笑我，覺得好玩得不得了。

「我只是無法置信的瞪著她，我是說，那個小女生可是在湖底待了很長、很長一段時間哪。

「我放開她，她就游走了，而且還邊游邊笑。

「我問她：『妳是怎麼辦到的？妳可以閉氣閉多久？』

「她聽了笑得更兇。『閉多久？』我又問。

「接著她說：『可以閉很久很久。』

「說完，她就游回其他女生身邊了。」

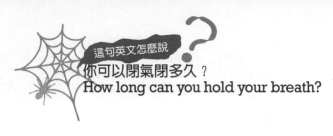

「接下來你怎麼辦？」我問亞力克。

「我得上岸才行。我全身都在發抖，根本停不下來，我……我以爲……」

他的聲音變小了。

「至少她沒事。」一會兒後，亞力克低聲說，「不過你不覺得很詭異嗎？接著吃晚飯的時候，喬伊又把叉子插到脖子上……」

「是很怪，亞力克。」我輕聲說，「可是那有可能是在開玩笑而已。」

「開玩笑？」他緊盯著我問。

「小孩子總愛對新來的團員開玩笑。」我告訴他，「這是夏令營的傳統，你知道的，就是嚇新來的菜鳥，也許只是玩笑而已，就這樣。」

亞力克咬著下唇，思索這件事。即便他站在我身邊，但滾動的黑霧使他看來顯得十分遙遠。

我轉頭看著球賽，男子隊正越過草地奔向球門，球員們互相傳著球，在盤繞的陰影中忽進忽出，看起來飄忽而不眞切。

開玩笑而已。

這句英文怎麼說

我斜眼看著濃霧。
I squinted into the fog.

全部都只是在開玩笑而已。

但是我斜眼看著濃霧，目睹了一件不可能是玩笑的事。

一名男生把球踢向網子，女子隊的守門員去擋球。

她動作不夠快，或者絆了一下。

只見那球重重的擊在她的額頭上，發出巨大的聲響。

球彈落到地上了，但球的旁邊卻跟著一起彈落女孩的頭顱……

15.

我驚叫一聲，拔腿狂奔，穿越濃黑的霧靄。

黑色的霧幕在地面與樹梢之間旋飛沉浮，我看見女孩整個人趴在地上。

而她的頭……她的頭……我彎身抓住那顆頭顱，眞的不知道自己在想什麼。

我是想把頭裝回她的肩上嗎？

我嚇得渾身發抖，倉皇無措，彎身探向滾滾的霧煙，用兩手拾起那顆頭顱。

那頭出奇的硬，不像人類的頭顱。

我將頭舉起來，拿到眼前，接著發現自己拿的是顆足球。

不是頭，不是女孩的頭顱……

我聽見一聲呻吟，低頭看到女孩爬跪起來，她含混的咕噥了幾句，搖了搖頭。

這句英文怎麼說

你又不是第一隊的！
You're not on the first team!

她搖著頭，那顆安然立在肩膀上的頭！

女孩站起來對我皺皺眉。我瞪著她的臉、她的頭，整個人還在抖個不停。

「妳的頭……」我結巴的說。

她把一頭直直的金髮甩到背後，拍掉白短褲上的泥土，再伸手過來拿球。

「哈利——你又不是第一隊的！」我聽見一個男生說。

「快離開球場！」另一個男生喝道。

我轉身看到球員全都聚攏過來了。

「可是我看到她的頭掉下來了！」我不假思索的衝口而出。

一說完我就後悔了，我知道自己不該這麼說的。

大家笑成一團，人人前俯後仰，有人還拍了拍我的背。

他們嘲弄的臉孔在四面八方飄盪著，有一瞬間，看起來彷彿所有人的頭全掉下來了。我被圍困在一堆嘲笑的頭顱裡，它們在幢幢的光影中，詭譎的忽上忽下。

那個守門員女生抬起手放到頭上用力拉。

「看到沒?哈利。」她大聲說，「看到沒，我的頭還黏著哩！」

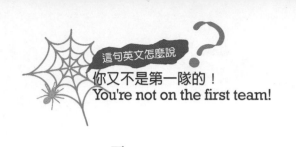

「有人最好去檢查一下哈利的腦袋！」一個男生揚聲說。

大家一聽，又笑得更厲害了。

有個小鬼跑上來抓住我的頭扯了起來。

「哎呀！」我尖叫一聲。

又是一陣哄笑。

我把球丟回給守門員，接著逃離球場。

我是哪根筋不對呀？怎麼會這麼凸槌？爲什麼一直會看到一些有的沒的？只是因爲新來乍到、緊張的緣故嗎？還是我眞的瘋了？

我沒精打采的來到邊線，繼續走著。我不知道自己要走去哪裡，只覺得很想逃開衆人的嘲笑，遠離足球賽而已。

潮濕的霧氣籠罩在球場上，我回頭望去，雖能聽見球員的吶喊與加油聲，卻幾乎看不見他們。

我回頭朝木屋的方向走，沾在草上的露珠搔著我的腿。

就在我走到半途時，我發現有人在跟蹤我。

這句英文怎麼說

我發現有人在跟蹤我。
I realized I was being followed.

16.

我火速轉過頭，只見黑暗中蹦出一張臉孔。

「亞力克！」我大叫。被足球跟守門員的事一搞，我全然忘記我弟弟了。

他湊到我身邊，近得連他上唇的汗珠都看得到。

「我也看見了。」亞力克悄聲說。

「呃？」我倒抽了一口氣，沒聽明白他的話，「你看見『什麼』了？」

「女孩的頭啊！」亞力克很快的說。他回頭望著球場，大概是想看有沒有人跟蹤他吧。接著他轉過來拉著我的衣袖。

「我也看見她的頭掉下來了，我看到頭在地上彈跳。」

「你看見了？真的？」我勉強吞著口水。

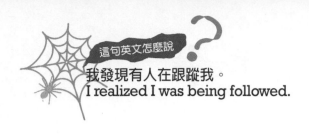

他點點頭，「我差點沒吐出來，好……好噁心哦！」

「可是……可是那頭沒掉下來！」我大聲說，「你沒看見嗎？我跑去球場上，撿起來的是球，不是她的頭。」

「但是我明明看見了，哈利。」亞力克堅持道，「剛開始我以為是因為霧的關係，一時之間看錯了，可是……」

「一定是霧的關係。」我靜靜的答道，「那個女生……她一點事都沒有。」

「但如果我們兩個都看見了……」亞力克開口表示。他停住嘴，接著嘆口氣說：「這個夏令營——實在太詭異了。」

「那倒是眞的。」我同意道。

「艾維斯說那些鬼故事是眞的。」亞力克把手插到短褲口袋裡，悶悶的搖著頭。我將手搭到亞力克肩上，感覺到他在打哆嗦。

「我們不信鬼的——記得嗎？」我告訴他，「還記得嗎？」

他緩緩的點點頭。

接著傳來一聲長號，聽得我們兩人渾身一震。

這句英文怎麼說

艾維斯說那些鬼故事是真的。
Elvis says the ghost stories are true.

我回頭看著樹林，同一個地點又傳來一陣號叫。

那不是動物的叫聲，絕不是動物的叫聲。號叫既長且悲，是人發出來的。

「嗚——」

另一記悲沉的哀號令我倒抽了一口冷氣。

亞力克抓著我的臂膀，他的手冷得像冰。

「那是什麼？」他勉強問道。

我張嘴想回答，卻又被另一聲悲號打斷。

「嗚——」

我聽見兩隻東西在叫，也許有三隻。

或者更多……

那詭譎的悲鳴從樹林裡傳出來，最後彷彿整座樹林都在哀號。

「非人」的號聲，鬼魅般的哀鳴。

「我們被包圍了，哈利。」亞力克呢喃著，手仍緊抓著我的臂膀。「不管那是什麼，反正我們被包圍了。」

17.

「嗚——」

駭人的號叫聲從樹林裡傳出來。

「跑啊！」我低聲對亞力克說，「到大廳去，也許我們可以找到馬文叔叔，也許……」

我們衝進霧中，朝著大廳的方向奔過去。

可是那號叫聲如影隨形的跟著，而且越來越大聲。

我聽到身後有沉重的腳步聲，重重的踩在草地上。

我發現我們逃不掉了。

亞力克和我同時轉過頭，並看到了艾維斯、山姆和喬伊——邊追著我們，邊

這句英文怎麼說

你們以為林子裡有狼嗎？
Did you think there were wolves in the woods?

露出嬉皮笑臉的模樣。

山姆用手圈在嘴邊，發出鬼魅般的高號。艾維斯和喬伊邊笑邊揚起頭來，也跟著號叫。

「混蛋！」我怒罵著向他們揮拳。

我感覺到血液衝上了腦門。

士可忍，孰不可忍，我想狠扁那三個臭小子一頓，踹他們幾下，捶扁那幾張笑臉。

「上當啦！」艾維斯大聲喊道，「上當了！」

接著他轉身對山姆和喬伊說：「看他們兩個！在發抖耶！哇啊——他們眞的在發抖耶！」

山姆和喬伊樂得眉開眼笑。

「你們以爲林子裡有狼嗎？」山姆問。

「還是有鬼？你們以爲我們是鬼呀？」喬伊跟著問。

「閉嘴啦！」我說。

亞力克一個字都沒說，他垂眼望著地面，看得出他跟我一樣尷尬。

「嗚——」艾維斯又發出另一聲尖號，雙臂往亞力克的腰一撲，將他摔到地上。

「走開！走開啦！」亞力克憤怒的吼道。

兩個人在濕漉漉的草地上扭成一團。

「我嚇到你了嗎？」艾維斯喘著氣問，「你老實承認吧，亞力克，你以為遇見鬼了，對不對？對不對？」

亞力克拒絕回答，他低吼一聲，將艾維斯從身上推開。

兩人又扭打了一會兒。

山姆和喬伊走上前，站在我身邊，一臉得意洋洋。

「你們太無聊……」我咕噥道，「太幼稚了，眞的。」

「幼稚？」喬伊和山姆互相擊掌慶祝，並大聲說，「如果眞的那麼幼稚，你們爲什麼還會上當？」

我張口想回答，但只是咳了幾聲。

這句英文怎麼說

我們走向木屋。
We stepped into the cabin.

爲什麼我會上當？

我自問著。

爲什麼會被三個躲在樹後亂叫的男生嚇到魂都飛了？

通常我對這種無聊玩笑會一笑置之的呀！

我們五個人走回小屋時，我努力的思索這個問題。

我發現自從我和亞力克到了月魂夏令營之後，輔導員和團員就一直想嚇我們，就連馬文叔叔也想用他的恐怖故事唬我們。

驚嚇菜鳥一定是月魂夏令營的傳統，我想。而且挺管用的，我和亞力克眞的被嚇慘了，連一點風吹草動，都可以弄得我們心驚肉跳。

我們走向木屋，我把燈打開。

艾維斯、山姆和喬伊還在大聲笑著，回味他們的低級玩笑。

亞力克和我得鎭定點，我們得把所有愚不可及的怪力亂神從腦海中驅走。

我們是不信鬼的。

我告訴自己。

我們不相信有鬼，我們不相信有鬼……

我像念經一樣，不斷的重複這個句子。

亞力克和我不相信有鬼，我們從來不信這一套。

從來不信，從來都不相信。

過了一晚……在樹林裡健行了一小段時間後——我「真的」相信有鬼了。

這句英文怎麼說

事實上，她臉上的神情非常嚴肅。
In fact, she had a solemn expression on her face.

18.

第二天，亞力克和我受到了狠狠的嘲弄。

吃完早餐從食堂出來時，有人朝我丟了顆足球，並尖聲叫道：「我的頭！把我的頭還給我！」

早上要上游泳課，喬伊和山姆跟其他幾個男生學鬼叫，大家都以爲他們在亂鬧。我看到露西跟她們木屋的幾個女生一起在岸邊，其他女生聽到鬼號聲都大笑起來，只有露西沒跟著起鬨。

事實上，她臉上的神情非常嚴肅，好像心事重重。

有好幾次，我發現她在看我。

也許她覺得我很幼稚吧！

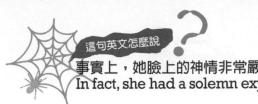

我悶悶的對自己說。她一定很爲我難過，因爲昨晚在足球場上，我在所有人面前表現得跟個豬頭似的。

上完游泳課後，我擦乾身體，裹著毛巾，往露西所在的小船塢邊走過去。其他女生已經晃開了，露西穿著白衣白褲站在那兒，一腳踩在塑膠獨木舟上，腳下的舟子在淺淺的水面晃上晃下。

「嗨。」我說，突然發現自己不知道該說什麼。

「嗨。」她回道。

露西沒笑，一雙黑眼睛定定的瞅著我。

她大出我意料的迅速轉開身——跑掉了。

「喂——」我大喊，並追著她，但腳卻被毛巾絆住了，「喂——妳怎麼啦？」

她頭也不回的鑽到工藝小屋的後邊去了。

我知道她怎麼了，我難過的告訴自己。她不想被人瞧見自己在跟一個以爲守門員人頭落地、以爲林子裡有鬼在叫的白癡說話。

我將毛巾披回身上，山姆、喬伊和其他幾個男生從岸邊望著我，從他們臉上

這句英文怎麼說

這是最糟的一次。
This was one of the worst.

的笑意看來，他們應該看到露西從我身邊跑走的事了。

「也許你有口臭吧！」喬伊故意糗我。

說著一群人又全躺到地上，號叫起來。

午飯後是家書時間，輔導員要我們全留在鋪位上，寫信回家給父母。

營地規定我們每週寫一次家書。

「這樣爸媽才不會擔心你們。」馬文叔叔在午飯時宣布。「我們希望他們知道這是你們這輩子最精彩過癮的暑假——對不對？」

「喲喝，月魂！」每個人都歡呼道。

這其實不是我這輩子最精彩的暑假。

事實上，到目前爲止，這是最糟的一次。

可是我決定不在家書中提這檔事。

我爬到上鋪，想著該寫什麼給爸媽看。

請快來接我。

我想我大概會這麼寫。

這裡每個人都好怪，亞力克和我快被他們嚇死了。

不，不行，我不能那樣寫。

我探出床墊邊緣，望著弟弟。他正坐在床上埋頭寫信，振筆疾書。

「你在寫什麼？」我朝下喊道。

「我在跟他們講月魂夏令營的才藝表演。」他回答，「說我有多受矚目，還有我要在下星期的音樂會上表演的事。」

「很好。」我咕噥著。

我決定也只跟爸媽報喜不報憂。

幹嘛讓他們擔心？讓他們以爲我受不了？

如果亞力克對那些怪事隻字不提，我也不會講的。

我伏到紙上寫道：

「親愛的老爸、老媽：

月魂夏令營比我想像的刺激多了……」

這句英文怎麼說

我們要去哪裡夜行？
Where are we going to hike?

「今晚餐後的活動是夜行。」馬文叔叔宣布。

眾人歡呼震天，差點沒把大食堂裡的椽木給掀了。

「我們要去哪裡夜行？」有人大聲問。

「深入林子裡……」馬文叔叔咧嘴笑道。

當然了，得到的回答讓每個人想起了馬文叔叔的鬼故事，有些人高興的歡呼，有的人則大聲笑著。

亞力克和我交換了個眼色。

但結果夜行很好玩，滿月照得林子都在發亮，我們循著一條繞湖的小徑夜行。大家心情興奮得不得了，我們不停的唱著營歌，歌詞我都快背會了。

繞湖繞到一半，兩隻鹿跑到路面上來，是隻母鹿和牠的小鹿。

那小鹿超可愛的，看起來跟小鹿斑比一樣。

兩隻鹿瞅著我們，而且還皺皺鼻子，彷彿在問：「你們跑到我們的林子裡做什麼？」

接著牠們就平靜的走回林子裡了。

小路穿過一片圓形的小空地，當我們從林子出來時，有種柳暗花明又一村的感覺。皎潔的月光灑了一地，明亮到令人覺得可以看清每棵草樹、每一片草葉。眞的是太正點了！

我逐漸鬆懈下來。山姆、喬伊和我一起邊唱邊走，亂塡歌詞。光是「在義大利麵上」我們就唱了二十遍，唱到後來別人只好求我們別再唱下去了！

我之前怎麼會這麼神經？

我在月魂夏令營交了一些滿酷的朋友，玩得非常開心嘛！

我心情非常好，一直到我們回到營地後才走樣。

黑霧又緩緩飄降了，霧氣迎面而來，用它濕冷的煙靄環住我們，天空、地面和整個營地都被掩蓋住了。

「十分鐘後熄燈。」馬文叔叔說道。

大夥兒紛紛跑回自己的木屋。

可是我被兩隻強而有力的手從背後拖住，將我往後拉。

這句英文怎麼說

她悲傷的點著頭。
She nodded sadly.

「喂——」我大叫一聲，整個人被拉進樹林裡。

「噓——」有人在我耳邊輕聲說。

我猛一回頭，發現拖我的人竟是露西。

「妳在做什麼？」我低聲問，「我們得回床上去，準備……」

她黑色的眼睛打量著我的臉。露西蒼白的臉上淌著的是淚痕嗎？

濃霧籠罩住我們。她鬆開我的手，但仍定定的看著我。

「哈利，你一定得救我。」她呢喃道。

我嚥了口口水。

「露西，怎麼了？」

「我想你知道的。」她柔聲說，「那全是真的，你心中想的，全都是真的。」

我沒聽明白，張大了嘴回望著她。

「我們是鬼啊！哈利。」露西告訴我，「這營地裡的人全都是鬼。」

「可是，露西……」我才開口。

「是的。」她悲傷的點著頭，「是的、是的、是的，我也是鬼。」

19.

霧氣隔開了樹林，月光映得露西一對眸子如黑寶石般的璀璨。可是當霧氣掩住月亮時，那光芒便從她眼中消失了。

我沒眨眼，沒有動彈，突然覺得自己跟躲在濃霧後的樹林一樣，生硬的立在原地。

可是我知道答案。

我從她幽黑的眼底、顫抖的嘴唇、蒼白的膚色中看到了答案。

「我是鬼。」她哀傷的重述一遍，「那些故事——是眞的，哈利。」

可是我不相信有鬼！

我差點衝口說出這句話。

這句英文怎麼說

我不能再多做解釋了。
I can't explain any more.

但眼前就站著一個鬼直盯著我，我怎麼還能夠繼續鐵齒下去？

我怎麼能不相信露西的話？

「我相信妳。」我喃喃說道。

露西嘆口氣，將臉別開。

「是怎麼發生的？」我問。

「就像馬文叔叔的故事一樣。」她回答，「我們圍坐在營火邊，所有人都在。就像那天晚上一樣，天緩緩降下霧，那是一場又黑又沉的濃霧。」

她再度嘆氣，即使在黑暗中，我都可以看見她眼中閃爍的淚光。

「最後霧終於飄走時，」露西繼續說道，「我們全都死了，全變成了鬼，從此之後，我們就一直待在這裡。我不能再多做解釋了，因爲我也不知道是怎麼回事。」

「可是……那是什麼時候的事？」我問，「多久……妳變成鬼有多久了？露西。」

她聳聳肩，「我不知道，我已經對時間沒概念了，變成鬼之後，時間是不存

在的，只是日復一日的一直過下去。」

我望著她，說不出一句話。

背上倏然泛起一陣陣的涼意，我整個身體都在發抖，甚至沒想要去制止。

我伸手抓住她的手。

大概是想感覺她究竟是眞是假，試試她是不是在開玩笑吧。

「哎呀！」她手上的寒意傳到我身上時，我將她的手放開。

她的手好冷啊——就像那場黑霧一樣。

「現在你相信我了嗎？」她輕聲問道，再次用黑色的眼睛打量我。

我點點頭。

「我……我相信。」我結結巴巴的說，「我相信妳，露西。」

她沒回答，手上的寒氣還逗留在我的手指上。

「那些藍色的黏糊，」我低聲說，「小屋地板上那些藍色的黏糊，妳知道是什麼嗎？」

「知道，」她答道，「那些黏糊是原生質。」

這句英文怎麼說

她的臉悲傷的皺成一團。
She twisted her face into a sorrowful frown.

「呃？原生質？」

她點點頭，「當我們具象化，讓自己顯身時，就會產生那些黏糊。」

她的臉悲傷的皺成一團。

「我們得費很大力氣，消耗巨大的能量，才能讓自己顯身。我們在使用能量時，就會產生原生質的黏糊。」

我實在不是聽得很懂。

不過在我踏到藍糊時，就知道那些東西很怪異，不是人類會有的。

那是鬼的痕跡。

「那麼我和亞力克所看到的那些事呢？」我問，「有人飄在床上？眼睛像聚光燈一樣發著光？被刺到了卻不會流血，也不會痛？」

「有些人故意想嚇你。」露西坦白的說，「他們只是在鬧著玩，哈利。做鬼是很苦的，你要相信我。日復一日的在外飄盪，知道自己不再具有眞實的血肉，知道自己永遠長不大，永遠不會改變，眞的是很苦的一件事。」

她發出一聲巨大的哀號。

「知道自己永遠不會有『生命』！」

「我……我很抱歉。」我支吾的說。

她的表情一變，瞇起眼睛，嘴角露出一抹猙獰的笑意。

我往後退開一步，突然害怕起來。

「救我，哈利。」露西呢喃著，「我再也受不了了，你一定得救我離開這裡。」

「離開？」我大聲問道，又往後退開一步。「怎麼離開？」

「你得讓我附身，佔據你的意念。」露西堅持道，「你得讓我佔據你的身體！」

這句英文怎麼說

我得佔據你的意志。
I need to take over your mind.

20.

「不要！」我驚呼道。

我驚慌得不知無措，覺得每根筋肉都緊繃起來，血液在太陽穴上衝撞。

「我得佔據你的意志，哈利。」露西重複說著向我走來，「求求你，求求你，救我。」

「不要！」我再次表示拒絕。

我想轉身逃走，卻無法動彈，雙腿軟得跟果凍一樣，渾身抖動、搖擺得厲害。

我不相信有鬼。

那念頭劃過我的心頭，可是這句話已經不再具有眞實性了。

我站在林子邊緣──盯著露西，望著露西的鬼魂。

霧氣在我們身邊旋繞。

我再次拔腿想跑，可是兩隻腳就是不聽使喚。

「妳……妳想把我怎麼樣？」我終於擠出一句話來，「妳爲什麼要佔據我的意志？」

「這是我唯一能夠逃走的辦法。」露西回答，她死盯著我，「唯一的辦法。」

「妳爲什麼不逃走就好了？」我問。

她嘆了口氣，「如果我自行離開營地，我就會消失掉。如果我企圖離開其他人，我會消失不見，化入霧氣中，成爲霧的一部分。」

「我……我不明白。」我結巴的說。

我退開一步，濕冷的霧氣似乎緊緊裹住了我。

露西就站在我前面兩呎的地方，可是我幾乎看不見她，她似乎在霧裡半隱半現。

「我需要幫助。」她的聲音輕輕的飄盪，我聽得相當吃力。「鬼魂只有一個辦法能逃，那就是佔據活人的意志。」

這句英文怎麼說？

我逐漸往後退去。
I started to back away.

「可是……可是那是不可能的！」我尖聲說。

我暗罵自己，說這句話實在太驢了——「見鬼」這件事就是不可能的！我所遇到的每件事都是不可能的。可是偏偏又都發生了！

「我得附在一名活的男生或女生身上。」露西解釋著，「必須將你的身體奪過來，哈利，我需要你將我帶離這個地方。」

「不要！我不行！我是說……」

我尖聲叫道，心臟猛烈狂跳著，連話都說不出來了。

「我不能讓妳附身，」我終於勉強說出口，「如果妳附到我身上，我就再也不是我自己了。」

我逐漸往後退去。

我得回木屋去，得去找亞力克，我們得逃離這個夏令營，盡快的逃走。

「別害怕呀……」露西哀求道，並緊跟著我。霧氣環繞著我們，似乎將我們攬在裡頭。

「別害怕，」露西說，「我們一離開這裡遠遠的，我就會脫離你了。我會離

開你的意志，離開你的身體……我保證，哈利，一旦我們逃離這個營地，我就會離開，你會回復你自己，一點都不會有事。」

我不再往後退了，整個身體抖個不停，濕涼的霧氣陣陣衝擊著我。

透過攀升的霧氣，我斜望著她。

我該讓她附身嗎？

該讓露西佔據我的意念嗎？

她會將意志還給我嗎？

我可以相信她嗎？

這句英文怎麼說

露西飄在我面前。

Lucy floated in front of me.

21.

露西飄在我面前，一雙黑眼睛滿是懇求之色。

「求求你。」她呢喃道。

「不行……對不起，我辦不到。」我連想都來不及想，就衝口說，「我辦不到，露西。」

她閉上眼睛，我看到她咬緊牙根，繃緊下巴。

「很抱歉。」我重申著往後退去。

「我也很抱歉。」她冷冷的說，瞇起眼睛，嘴角露出獰笑，「我眞的很抱歉，哈利，不過你沒得選擇，你是幫我幫定了！」

「不行！絕對不行！」

我轉身想逃，卻被某種東西拖住。

是霧！那霧緊緊環著我。

又濃又濕的霧，逼得我喘不過氣來，它繞著我，推擠著我，將我困在原處。

我想尖叫呼救，可是呼聲被霧氣掩蓋住了。

露西消失在黑霧之後。接著，我感到頭頂上一陣冰涼，頭髮麻癢了起來。

我雙手往上一摸，感覺到一片寒冰，就好像頭髮上覆了一層霜似的。

「不要！」我尖叫出聲，「露西——不要！」

那寒氣往下沉，我的頭皮也漸漸麻癢起來，臉凍得發僵。

我揉著自己的臉頰。

沒有感覺……又冷又麻……「露西——求求妳！」我繼續哀叫。

我感覺到她緩緩侵入我的體內——如此的輕盈而冰冷——漸漸沉入我的腦中。我感覺到她，並意識到自己正在消逝。

漸漸消失……漸漸遠逝……就好像沉入睡夢中一樣。

寒氣襲遍我的全身，侵入我的脖子，滲入我的胸口。

這句英文怎麼說

我不能讓她佔據自己。

I couldn't let her take over.

「不要——」我長號一聲，拚命抗拒。

我緊緊閉著眼睛，知道自己得集中意念，用力思考，拚命保持清醒才行，我不能讓自己退敗下來。

我不能讓她佔據自己，不能讓她擊敗我的意念，佔據我的身體。

我緊繃著下巴，閉上雙眼，繃緊了每一條肌肉。

不要！不要——妳不能這樣對我，露西！

妳不能佔據我的意志！

不能附在我身上，不可以——因爲我不會讓妳得逞！

寒氣籠罩全身，我的皮膚又刺又癢，覺得渾身發麻。

而且，我覺得好睏……好睏……

22.

「不要！」我仰著頭，又發出一聲長號。

如果我繼續尖叫，就能保持清醒了。

而且我可以打敗露西，將她逼退。

「不要！」

我對著盤桓不去的濃霧喊道。

「不要啊——」

接著，我感到那股寒氣逐漸往上升。

「不要！」

我掐著自己的手臂，揉著臉頰，知道自己慢慢在恢復知覺了。

這句英文怎麼說

現在我覺得比較有元氣了。
I felt stronger now.

「不要！」

我突然覺得身體輕多了，而且整個人全清醒了。

我成功了！我發現自己打敗露西了！

可是在她想要再次附身之前，我能有多少時間？

我深深的吸口氣，接著又吸了一口。

我在呼吸呢，我告訴自己，是我自己沒錯——是我正在呼吸。

現在我覺得比較有元氣了，頭一低，我朝霧裡衝過去。

布鞋重重的踩在地上，直奔木屋。

我衝進屋裡，任紗門在後面重重闔上。

「怎麼回事？」山姆問道。

我沒答話，直接衝過房間，抓住弟弟使勁的搖。

「快！快點！」我命令道。

「啊？」亞力克睡眼惺忪的望著我。

我沒再多說，直接將他的短褲和布鞋扔給他。

我聽見其他人在翻動，喬伊從床上坐起來。

「哈利——你剛剛跑哪兒去了？」他問。

「十分鐘前就熄燈了。」山姆說，「你會讓我們大家惹麻煩的。」

我不理他們。

「亞力克——快點！」我低聲說。

亞力克的鞋帶一綁好，我就拉著他的手，將他拖到門邊。

「哈利……怎麼啦？」亞力克問。

「你們要去哪裡？」我聽見喬伊喊道。

我把亞力克拖到外頭，紗門在背後重重的關上了。

「快逃！」我大聲說，「我以後再解釋，我們得離開這裡——現在就走！」

「可是，哈利……」

我拖著亞力克越過草地。霧散了，一束月光穿透下來，我們循著通向樹林的小路跑。

我們的鞋子在濕濘的草地上滑動，身邊只剩蟋蟀的鳴叫和松林裡的風聲了。

這句英文怎麼說

可是我沒辦法繼續跑了。
But I can't keep running.

經過一、兩分鐘後，亞力克表示想停下來喘口氣。

「不行，」我堅持道，「繼續走，他們會追上來找到我們的。」

「我們要去哪裡？」亞力克問。

「深入林子裡。」我告訴他，「盡可能離營區遠遠的。」

「可是我沒辦法繼續跑了，哈利……」亞力克哀叫著，「我四肢都在發疼，而且……」

「他們全都是鬼！」我衝口說道，「亞力克──我知道你不相信我，可是你一定要相信，那些小孩、輔導員、馬文叔叔，他們全都是鬼！」

亞力克面色一凜，「我知道。」他小小聲的回答。

「呃？你怎麼會知道？」我問。

我們擠在兩棵交纏的樹幹間，在一片蟋蟀的唧唧聲中，我聽見高大樹叢後面，湖水拍在岸上的潮音。

我們離營地還是太近了，我告訴自己。

我把老弟拉往另一個方向，離開湖邊。

我們推開高長的雜草和樹叢，自己闢路朝森林深處走。

「亞力克，你怎麼會知道？」我又問了一遍。

「艾維斯告訴我的。」他一邊回答，一邊用手拭掉額上的汗珠。

我們鑽到一片有刺的高大樹叢下，荊棘刮在我的頭頂上，我顧不得疼痛，繼續前行。

「艾維斯說那則鬼霧的故事是眞的。」亞力克接著說，「我以爲他只是在嚇我，可是接著他……他……」

亞力克的聲音變弱了。

我們跑到一小片空地上，月光照得草地亮如白銀。我四處搜尋著方向，卻無法決定往哪邊跑。

我把臂上的蚊子拍走。

「艾維斯做什麼了？」我問亞力克。

亞力克把黑髮撥到後邊。

「他想佔據我的意志。」他顫抖著聲音告訴我，「他飄進了霧裡，我覺得好

這句英文怎麼說

公路在哪一邊？
Which way is the highway?

冷……」

忽然傳來樹枝折斷聲，枯葉也被踏響了。

是腳步聲嗎？

我將亞力克從空地上推回樹林裡。

我們緊貼著一棵寬大的樹幹，豎著耳朵聆聽。

一片死寂。

「大概是松鼠或栗鼠之類的東西吧。」亞力克悄聲說。

「也許吧。」我答道，並仔細的聽著。

月光在樹梢上跳動，惹得樹影在平滑的空地上亂舞。

「我們得繼續走。」我說，「我們離營地還是太近了，萬一群鬼跟上來……」

我沒繼續想下去，不想去思索萬一群鬼跟著我們會發生什麼事，萬一他們抓到我們……

「公路在哪一邊？」亞力克搜尋著樹林問。

「好像不是離營地太遠——對不對？如果我們可以跑到公路上，就可以找人

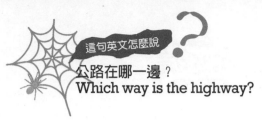

載我們一程了。」

「好主意。」我說。

我怎麼會沒想到？

結果搞得現在我們遠離公路，置身在樹林深處。

我甚至不知道該往哪個方向走，才能找到公路。

「一定是那邊吧。」亞力克指著說。

「不對，那是回營地的路。」我說。

亞力克正想回話，卻被一個巨大的重擊聲打斷了。

「你聽見了沒？」他低聲問。

我聽見了。

接著，我又聽見那聲音了。

那是巨大的重擊聲，從極近的地方傳來。

「是動物嗎？」我輕聲喊道。

「我……我覺得不是。」亞力克口齒不清的說。

這句英文怎麼說

那是回營地的路。

That's the way back to the camp.

咚咚！

聲音越來越響了。

難道是鬼嗎？是不是其中一個鬼找到我們了？

「快——這邊！」我催促道。我拉住亞力克的手腕，用力拖著他。

不管那恐怖的聲音是什麼東西發出來的，反正我們得趕快離開。

咚咚！

聲音更大了。

「我們走錯方向了！」我大喊。

我們四處亂轉，結果又回到了空地上。

咚咚！

「哪一邊呀？」亞力克尖聲問，「哪邊？那聲音——四面八方都是！」

咚咚！

接著就在我們頭頂上，傳來一聲巨大的低吼：「你們為什麼踩在我的心臟上面？」

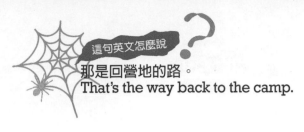

23.

地面搖晃了起來，亞力克和我齊聲驚叫。

可是我們的叫聲被轟隆聲蓋住了，那聲音很快變成了怒吼，腳下的大地漸漸崩塌。

我們兩個高舉著手，倒栽下去。

我四肢著地，亞力克則來個大仰摔。地面左搖右晃，我們也跟著四處亂滾。

「是……是怪獸！」亞力克尖著嗓門喊。

可是……怎麼可能嘛！我一邊想，一邊掙扎著站起來。

那怪獸是故事裡的東西，是無聊的夏令營鬼故事中才會有的，不可能眞的在森林裡吧！

這句英文怎麼說

牠要把我們整個吞下去！
It's going to swallow us whole!

我去扶亞力克，可是地面又晃了起來，我們也雙雙跌跪下去。

喀咚、喀咚……

「不會是眞的！」我大叫，「不可能——」

看到一顆毛絨絨的巨大頭顱從我們前面冒出來時，我嚇得張大了嘴。那東西一對眼睛赤如火焰——猙獰可怖的亮紅眼睛，深深嵌在一張醜惡的大臉上。那怪物凶惡的瞪著我們。

「是……是怪獸！」亞力克結巴了半天。

我們兩個都跪在地上，無助的在搖晃的地面上彈滾。

那是地面嗎？還是怪物的胸口？

那東西張開巨如洞穴的大口，亮出裡頭參差的黃牙。牠緩緩抬起頭，慢慢的越靠越近。怪物張開毛絨絨的下巴，準備將驚慌不已、狼狽逃生的我們吞入腹中。

「哈利——哈利——」亞力克尖聲喊著我的名字，「牠要吃我們！牠要把我們整個吞下去！」

剎那間，我想到了一個妙計。

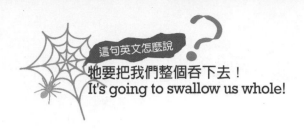

24.

巨獸發出一聲低吼。

毛絨絨的嘴張得更大了，一條巨大的紫舌頭捲了出來，看到舌頭上覆滿了尖刺時，我忍不住倒抽一口冷氣。

「小心，亞力克！」我大叫。

但是太遲了。

地表一陣搖晃，把我們兩個彈到空中，我們重重摔落到舌頭上。

「唉喲喂呀——」我們兩個大聲哀叫，那舌頭簡直跟仙人掌一樣！

多刺的紫舌頭慢慢滑動，將我們往怪獸的大嘴裡送。

「我們不相信有怪獸！」我告訴亞力克。

這句英文怎麼說

我們不相信有怪獸。
We don't believe in monsters.

我得大聲喊叫，才能蓋過餓獸的吼聲。舌頭把我們慢慢捲向成排的黃牙邊。

「我們不相信有怪獸！」我嘶聲大吼，「是假的，只是故事裡的一部分，如果我們不相信，怪獸就不存在了！」

亞力克全身戰慄，他拱起身子，把自己緊緊蜷縮成球形。

「牠看起來很眞啊！」他說。

那舌頭把我們推得更近了，我聞得到怪獸腥臭的口氣，看到利牙上的黑斑。

「集中意念。」我指示弟弟，「我們不相信有怪獸，我們不相信有怪獸！」

亞力克和我一遍又一遍的複誦著這幾個字。

「我們不相信有怪獸，我們不相信有怪獸！」

紫色的舌頭將我們送進大嘴裡，我想要去抓牙齒，可是太滑了。

我的手滑開了，感覺自己被吞了下去，滑入一片酸腐的黑暗裡。

「我們不相信有怪獸，我們不相信有怪獸！」亞力克和我繼續念著。

可是我們的聲音被蓋住了，我們滑下了怪獸抽動的喉嚨裡。

「哈利——牠把我們吞下去了！」亞力克哀叫著。

「繼續念啊！」我命令道，「如果我們不相信有怪獸，怪獸就不會存在了！」

「我們不相信有怪獸，我們不相信有怪獸！」

一坨腥黏的口水噴到我身上，黏在我的衣服跟皮膚上，感覺又熱又黏，我差點沒吐出來。

怪獸喉嚨四周的肉壁波動得更厲害了，繼續將我們往下推、往下推，推往下頭翻攪不已的巨大胃坑。

「啊……」亞力克發出絕望的長嘆，他也被黏稠的口水蓋住了，膝蓋整個淹沒在裡頭。

「繼續念！會有用的，一定會有用的！」我尖叫道。

「我們不相信有怪獸，我們不相信有怪獸！」

當我們往下掉時，亞力克和我都張大嘴，尖聲驚叫。

我們一直掉、一直掉，掉往下邊翻騰滾動的胃部。

這句英文怎麼說

我好高興又聽到自己的聲音。
I was so happy to hear my own voice!

25.

我閉上眼睛，等著聽撲通的摔落聲，等著自己摔落胃底。

等呀等……

當我張開眼睛時，發現自己竟站在地面上，跟亞力克肩並肩的立在綠草如茵的空地上。

松林在微風中搖曳，一輪滿月自綿細的雲朵後探出頭來。

「嘿——」我大喊一聲。我好高興又聽到自己的聲音！

好高興又重見天日、重見大地，好高興又能呼吸清涼的空氣。

亞力克轉起圈子，像個陀螺一樣的打轉，並放開聲音盡情大笑。

「我們不相信有怪獸！」他開心的大喊，「我們不相信有怪獸——真的有效

耶！」

我們兩個高興極了，對於怪獸的消失興奮不已。

什麼嘛！全都是想像出來的而已。

我跟著亞力克一起打轉，轉著、笑著。

就在我們發現這裡不只有我們兩個人時，我們不再打轉了。

當我看到四周圍著許多蒼白的臉孔時，頓時嚇得叫出聲來。那些蒼白的面容上，有著炯炯發亮的眼睛。

我認出了山姆、喬伊、露西和艾維斯。

看到這些魔鬼團員向我們圍攏過來時，我挨到亞力克身邊。

馬文叔叔走到圈子中央，一對小眼睛發出火般的紅光，怒視著我和亞力克。

「抓住他們！」他吼道，「把他們抓回營地，沒有人可以逃出月魂夏令營。」

幾名輔導員很快走上來抓住我們。

我們沒法動彈，根本無處可逃。

「你們想把我們怎麼樣？」我大聲問道。

這句英文怎麼說

你們不能佔據我的意志！
You can't take over my mind!

26.

「我們需要活的小孩。」馬文叔叔大聲說，「不容許活的小孩逃走，除非他們讓我們其中一個人附身。」

「不要！」亞力克哀求道，「你們不能佔據我的意志！你們不可以這樣！我不會讓你們得逞的！」

群鬼越攏越緊，朝我們節節逼近。

我努力不讓雙腿發抖，拚命抑制急劇鼓動的心跳。

「亞力克——我們也不相信有鬼。」我低聲說。

他望著我，一下子沒意會過來。接著他明白了。

我們因爲拒絕相信怪獸的存在，而逼使它消失，因此我們也可以對魔鬼團

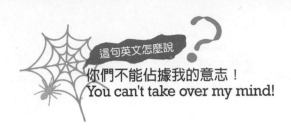

員重施故技。

「抓住他們，把他們帶回營地。」馬文叔叔命令輔導員。

「我們不相信有鬼，我們不相信有鬼。」

亞力克和我念道。

「我們不相信有鬼，我們不相信有鬼。」

我用力盯著那圈鬼魂的面容，等著看他們消失。

我和弟弟一起念著，越念越快，越念越大聲。

「我們不相信有鬼，我們不相信有鬼。」

我閉上眼，不去看他們。

等我張開眼睛時，那些鬼卻依然存在。

「你沒辦法讓我們消失的，哈利。」露西走到圈子中說，她對我瞇起眼睛，那對眼睛在月光下發出銀色的冷光。

「你能讓怪獸消失，是因爲牠不是眞的，只是我們的把戲而已……」露西解釋著，「是我們讓你們瞧見的幻覺。但我們是眞的！所有人都是眞的！我們不會

這句英文怎麼說

你能讓怪獸消失，是因為牠不是真的。
You made the monster disappear because it wasn't real.

像煙霧一樣消散掉。」

「我們是不會走開的。」艾維斯補充說，他向我弟弟逼近。「事實上，我們越靠越近，而且靠得很近。」

「我要佔據你的意志。」露西對我喃喃說著，「我要藉著你的身體和意志，逃離月魂夏令營。」

「不要！不要——求求妳！」我抗拒道。

我想退後，可是其他魔鬼團員擋住了我。

「妳不可以這樣！我不會讓妳這麼做的！」我對露西尖聲吼道，整個人都嚇僵了。

「走開！」亞力克對艾維斯大聲說。

雲朵掩蓋住月亮，林子裡一片漆黑，四周的鬼眼看起來顯得格外明亮。

我看到艾維斯伸手抓住弟弟，接著我的視線被露西擋住了，她飄起來，飛離了地面，飛到我的頭頂上。

「不要！走開！別過來！」我尖叫道。

可是我感到自己的頭髮一陣刺痲，感到寒氣籠罩全身，往下沉降。

我感到露西冰寒的鬼氣，感覺到她漸漸侵入了我的意念，慢慢的滲透進來，佔據了我。

我知道自己逃不掉了。

這句英文怎麼說

是我最先看到他的！

I saw him first!

27.

「走開，露西，是我先的！」我聽到有個聲音說。

「休想！」一個男生喊道，「別擋路，馬文叔叔說我可以先走的！」

我可以感到寒氣從體內升散，我張開眼——看到露西又回到地面上，其他人用力將她拖走。

「放開我！」露西尖叫著抽回自己的身體，「是我最先看到他的！」

「那也不能把他佔爲己有啊！」其他女生叫道。

原來他們在爭奪我。

他們把露西拉走，這會兒正在吵著由誰來佔據我的意念。

「喂——放手！」我聽見一個女鬼喊道，看到她正跟另一個女孩扭打。

群鬼又打又扭，彼此相互推抓，接著輔導員也加入了戰局。

「住手！別再鬧了！」馬文叔叔大喊。

他想要拉開打成一團的團員。可是他們不理會，繼續纏鬥著。

正當我驚恐的看著，他們繞著我打轉，越轉越快，一群魔鬼團員就這麼圍著扭打、尖叫，男生、女生、輔導員和馬文叔叔都在打轉、爭鬥、撕抓。

那速度越來越快，在我和弟弟周邊越繞越快。

直到最後，他們飛轉成一道白色的旋光。

接著那白光消失了，化成灰色的煙氣。

只見一縷縷灰煙飄到了樹林，在抖顫的枝葉之間湮滅無蹤。亞力克和我呆站著，望著最後一縷輕煙飄逝。

「他們走了。」我勉強說道，「他們彼此爭奪，現在他們走了，全走了。」

我搖搖頭，深深吸了一口清新的空氣。

我的心仍在狂跳，全身顫抖如秋葉。

可是我沒事，我和亞力克都沒事了。

這句英文怎麼說

我們穿過營地到公路上。
We'll walk past the camp to the highway.

「他們眞的走了嗎？」亞力克小聲的問。

「是的，咱們走吧。」我拉著他的手說。「走吧，快點，咱們離開這裡。」

亞力克快步跟著我。

「我們要去哪兒？」

「去找公路。」我說，「我們穿過營地到公路上，攔下經過的第一輛車子，接著我們去找電話，打電話給爸媽。」

我拍拍弟弟的背。

「我們不會有事的，亞力克，」我開心的大聲說，「我們很快就會回到家了！」

我們快速的穿過樹林，推開擋路的樹叢和雜草，自己闢路出去。

當我們朝公路走時，亞力克自顧自地哼起歌來。

「媽呀！」我大叫，「亞力克，你怎麼啦？」

「什麼？」他驚訝的望著我。

我停下步子抓住他，命令道：「你再唱一遍。」

他又唱了一小段。

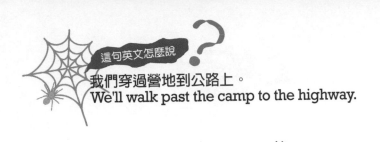

太難聽了！他的歌聲實在太恐怖了，荒腔走板得離譜。

我用力盯著弟弟的眼睛。

「艾維斯……是你在裡面嗎？」我大聲問道。

亞力克的嘴裡吐出艾維斯的聲音。

「求求你，哈利，別告訴別人。」他哀求道，「我發誓我再也不唱歌了——如果你答應我不告訴別人的話！」

- 我簡直等不及要跳下巴士了。
  I couldn't wait to get off the bus.
- 我覺得有點暈車。
  I feel a little bus sick.
- 說不定月魂夏令營是全世界最酷的夏令營。
  Camp Spirit Moon may be the coolest camp on earth.
- 又不是夏令營的開幕日。
  It's not the first day of camp.
- 他們還有射箭場。
  They have archery, too.
- 我看不出那邊有任何人跡。
  I didn't see any signs of life there.
- 我們對新團員都會開這個玩笑。
  We play it on all the new campers.
- 他們兩個面對面站著。
  They stood facing each other.
- 今晚的營火晚會才是真正的測驗。
  The campfire tonight is the real test.
- 那張床是空的。
  That bunk is free.
- 我的帆布鞋踩在一片黏呼呼的藍糊上。
  My sneaker had landed in a sticky blue puddle.
- 營火晚會時間到囉！
  Campfire time!
- 他們全都穿一樣的衣服！
  They're all dressed alike!
- 我們在草地上坐下來。
  We sat down on the grass.

你要不要來點薯片？

You want some potato chips?

大家複誦著營呼，再舉手行禮。

Everyone repeated the cry and gave the salute.

我很想摀住耳朵。

I wanted to cover my ears.

現在我要講兩個鬼故事。

Now I'm going to tell the two ghost stories.

今晚過後，只怕你們會改變心意。

You might change your mind-after tonight.

我們得再深入林子裡。

We have to go deeper into the woods.

是從我們上方來的。

It's coming from right above us.

你們為什麼站在我的心臟上面？

Why are you standing on my heart?

我看著他們重新生火。

I watched them rebuild the fire.

輔導員們便輪流講鬼故事。

The counselors took turns telling ghost stories.

我轉身想探問亞力克的意見。

I turned to see what Alex thought.

為什麼大家都在看我們？

Why is everyone staring at us?

接著亞力克也停止唱歌了。

And then Alex stopped singing, too.

他們全跑進林子裡了。

They all ran off into the woods.

- 五分鐘後熄燈。
  Lights out in five minutes.
- 這些藍色的黏糊到底是啥玩意兒？
  What are there blue puddles?
- 他們的眼睛還在發著怪光嗎？
  Were their eyes still glowing so strangely?
- 我抬眼看著喬依的床。
  I raised my eyes to Joey's bunk.
- 我弟弟不聽任何新樂團的歌。
  My brother doesn't listen to any new groups.
- 因為艾維斯沒有一個音唱得準！
  Because Elvis couldn't sing a single note on key!
- 聽起來像落入陷阱的困獸。
  It sounds like an animal caught in a trap.
- 我們去哪裡過夜？
  Where do we go for the overnight?
- 不去想我看到的那些怪事。
  Not thinking about the strange things I'd seen.
- 我讓你看看怎麼弄。
  I'll show you how to do it.
- 我告訴過你啦，只是一種把戲。
  I told you. It's just a trick.
- 邊線上的女生們都快樂瘋了。
  Girls on the sidelines went wild.
- 那湖很不錯。
  The lake is nice.
- 你可以閉氣閉多久？
  How long can you hold your breath?

- 我斜眼看著濃霧。
  I squinted into the fog.
- 你又不是第一隊的！
  You're not on the first team!
- 我發現有人在跟蹤我。
  I realized I was being followed.
- 艾維斯說那些鬼故事是真的。
  Elvis says the ghost stories are true.
- 你們以為林子裡有狼嗎？
  Did you think there were wolves in the woods?
- 我們走向木屋。
  We stepped into the cabin.
- 事實上，她臉上的神情非常嚴肅。
  In fact, she had a solemn expression on her face.
- 這是最糟的一次。
  This was one of the worst.
- 我們要去哪裡夜行？
  Where are we going to hike?
- 她悲傷的點著頭。
  She nodded sadly.
- 我不能再多做解釋了。
  I can't explain any more.
- 她的臉悲傷的皺成一團。
  She twisted her face into a sorrowful frown.
- 我得佔據你的意志。
  I need to take over your mind.
- 我逐漸往後退去。
  I started to back away.

露西飄在我面前。
Lucy floated in front of me.

我不能讓她佔據自己。
I couldn't let her take over.

現在我覺得比較有元氣了。
I felt stronger now.

可是我沒辦法繼續跑了。
But I can't keep running.

公路在哪一邊？
Which way is the highway?

那是回營地的路。
That's the way back to the camp.

牠要把我們整個吞下去！
It's going to swallow us whole!

我們不相信有怪獸。
We don't believe in monsters.

我好高興又聽到自己的聲音。
I was so happy to hear my own voice!

你們不能佔據我的意志！
You can't take over my mind!

你能讓怪獸消失，是因為牠不是真的。
You made the monster disappear because it wasn't real.

是我最先看到他的！
I saw him first!

我們穿過營地到公路上。
We'll walk past the camp to the highway.

雞皮疙瘩系列 28

魔鬼夏令營

原著書名——Ghost Camp
原出版社——Scholastic Inc.
作　　者——R.L. 史坦恩（R.L.STINE）
譯　　者——柯清心
責任編輯——劉枚瑛、何若文

國家圖書館出版品預行編目 (CIP) 資料

魔鬼夏令營 / R. L. 史坦恩 (R. L. Stine) 著 ; 柯清心 譯 .
-- 2 版 . -- 臺北市 : 商周出版 : 家庭傳媒城邦分公司發行 ,
民 105.06 160 面 ; 14.8 x 21 公分 . -- (雞皮疙瘩系列 ;28)
譯自 :Ghost Camp
ISBN 978-986-477-026-7(平裝)
874.59　105007590

版　　權——翁靜如、吳亭儀
行銷業務——林彥伶、石一志
總 編 輯——何宜珍
總 經 理——彭之琬
發 行 人——何飛鵬
法律顧問——台英國際商務法律事務所 羅明通律師
出　　版——商周出版
臺北市中山區民生東路二段 141 號 9 樓
電話：(02) 2500-7008 傳真：(02) 2500-7759
E-mail：bwp.service @ cite.com.tw
發　　行——英屬蓋曼群島商家庭傳媒股份有限公司城邦分公司
臺北市中山區民生東路二段 141 號 2 樓
讀者服務專線：0800-020-299 24 小時傳真服務：(02)2517-0999
讀者服務信箱 E-mail：cs @ cite.com.tw
劃撥帳號——19833503 戶名：英屬蓋曼群島商家庭傳媒股份有限公司城邦分公司
訂購服務——書虫股份有限公司客服專線：(02)2500-7718；2500-7719
服務時間：週一至週五上午 09:30-12:00；下午 13:30-17:00
24 小時傳真專線：(02)2500-1990；2500-1991
劃撥帳號：19863813 戶名：書虫股份有限公司
E-mail：service@readingclub.com.tw
香港發行所——城邦（香港）出版集團有限公司
香港 灣仔 駱克道 193 號東超商業中心 1 樓
電話：(852) 2508-6231 傳真：(852) 2578-9337
馬新發行所——城邦（馬新）出版集團
Cité(M) Sdn. Bhd. 41, Jalan Radin Anum,
Bandar Baru Sri Petaling, 57000 Kuala Lumpur, Malaysia.
電話：(603)9057-8822 傳真：(603)9057-6622
商周出版部落格——http://bwp25007008.pixnet.net/blog
行政院新聞局北市業字第 913 號

美術設計——王秀惠
印　　刷——卡樂彩色製版有限公司
經 銷 商——聯合發行股份有限公司 新北市 231 新店區寶橋路 235 巷 6 弄 6 號 2 樓
電話：(02)2917-8022 傳真：(02)2911-0053

■ 2004 年（民 93）04 月初版
■ 2020 年（民 109）06 月 04 日 2 版 2 刷
■ 定價 / 199 元

ISBN 978-986-477-026-7

Goosebumps : vol#45 Ghost Camp

Printed in Taiwan
城邦讀書花園
www.cite.com.tw

Goosebumps®

Goosebumps®